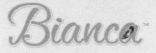

Bianca

Chantaje en la cama
Carol Marinelli

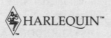

HARLEQUIN

Editado por HARLEQUIN IBÉRICA, S.A.
Núñez de Balboa, 56
28001 Madrid

I.S.B.N.: 978-84-671-8611-6
Depósito legal: B-21722-2010
Editor responsable: Luis Pugni
Preimpresión y fotomecánica: M.T. Color & Diseño, S.L.
C/ Colquide, 6 portal 2 - 3º H. 28230 Las Rozas (Madrid)
Impresión y encuadernación: LITOGRAFÍA ROSÉS, S.A.
C/ Energía, 11. 08850 Gavá (Barcelona)
Fecha impresion para Argentina: 17.1.11
Distribuidor exclusivo para España: LOGISTA
Distribuidor para México: CODIPLYRSA
Distribuidores para Argentina: interior, BERTRAN, S.A.C. Vélez
Sársfield, 1950. Cap. Fed./ Buenos Aires y Gran Buenos Aires,
VACCARO SÁNCHEZ y Cía, S.A.
Distribuidor para Chile: DISTRIBUIDORA ALFA, S.A.

Capítulo 1

LA ASUNCIÓN de ella, más que su arrogancia, fue lo primero que atrajo la atención de Xante. El fuerte viento y la torrencial lluvia habían espantado a mucha gente de las calles de Londres. Aunque era pleno día, los coches que llegaban a la puerta del hotel llevaban los faros encendidos y los limpiaparabrisas se movían a toda velocidad. Unos pocos se atrevían a desafiar al temporal. Con la gabardina por encima de la cabeza, corrían desde el almuerzo al despacho o a la próxima reunión, mientras los londinenses más organizados o experimentados abrían los paraguas y seguían charlando por el móvil. Sólo unos pocos se refugiaban en el patio delantero del hotel Twickenham de Xante Tatsis.

Xante poseía varios hoteles, eran parte de sus propiedades, pero raramente estaba él en alguno de los vestíbulos comprobando que todo se encontrara en orden. Tenía empleados que se ocupaban de esos detalles. Sin embargo, ese día era diferente. Xante sentía debilidad por aquel establecimiento en particular, que le permitía disfrutar de su pasión por el rugby. Ese día llegaba el equipo de rugby de Inglaterra para participar en una función oficial con el objetivo de recaudar fondos. Muchos fondos. La crema de la crema de la alta sociedad asistiría esa noche a la subasta benéfica que tendría lugar al acabar la cena y ofrecería una oportunidad a los ricos de hacer gala de su riqueza con la excusa de que lo hacían por una buena causa.

A Xante le gustaban todos los deportes, pero, cosa curiosa en un griego, el rugby era su pasión. Amaba ese juego noble; la sangre, el sudor y el esfuerzo que lo convertían en un gran juego. *Philotimia* era un sentido del honor tan vital para su gente que estaba escrito en el código legal griego, y para Xante, el gran juego del rugby representaba la *philotimia* perfectamente.

Cuando los jugadores estuvieran en su hotel, entrenarían y viajarían en equipo, pero por el momento iban llegando de todo el país y Xante había saludado ya a varios, incluido el capitán. Era natural que quisiera estar`allí para recibir personalmente al equipo, y era natural, aunque por razones completamente diferentes, que se fijara en la rubia esbelta que había entrado en el vestíbulo. Alta y delgada, habría llamado la atención de cualquier hombre y él no era una excepción.

El modo en que se quitó el abrigo, no con arrogancia, sino asumiendo que alguien se haría cargo de él, le dijo que era adinerada.

Xante había elegido bien a sus empleados. Albert, el conserje principal, se movió con rapidez, al darse cuenta de que el botones no había captado el aura de riqueza de la joven, y atrapó el abrigo. La mujer se adentró en el vestíbulo sin mirar atrás.

Pero entonces vaciló.

Miró a su alrededor, pareció perdida por un segundo y Xante comprendió que no era una huésped.

El hotel estaba completo y Xante había llevado empleados extra para procurar que se respetara la intimidad de los importantes huéspedes. Los forofos permanecerían fuera y los periodistas, por mucho que se disfrazaran, eran rechazados con cortesía en la puerta. Pero esa mujer había pasado la seguridad y se había introducido allí como si fuera la dueña del lugar.

Xante sabía que había personas que no necesitaban pasaporte y aquella mujer parecía ser una de ellas.

Caminaba por el vestíbulo, mirando los cuadros colgados, presumiblemente esperando a alguien.

–Esa mujer –preguntó Xante al conserje–. ¿Quién es?

Albert hablaba con una pareja sobre los espectáculos que había en ese momento en el West End. Cuando se acercó a su escritorio para ver si había entradas disponibles, aprovechó para satisfacer la curiosidad de su jefe.

–Karin Wallis –dijo en voz baja.

Xante frunció el ceño. El nombre le resultaba familiar.

–¿Es famosa?

–Es de una de las familias más famosas de Inglaterra –murmuró Albert–. Salen a menudo en las revistas de sociedad.

–¿Y? –insistió Xante, porque Albert nunca ofrecía voluntariamente un cotilleo; siempre quería que le preguntaran.

–Los padres murieron hace un par de años. El hermano es un poco sinvergüenza pero encantador; la hermana pequeña estudia en un internado.

–¿Y Karin? –Xante empezaba a cansarse de sacar así la información–. ¿Qué sabes de ella?

–La prensa la llama «la reina de hielo» –sonrió Albert–. Algunos dicen que es por los numerosos viajes que hace a esquiar; creo que acaba de regresar de uno por Suiza. Sin embargo… –Albert tosió un poco para demostrar que le incomodaba hablar de aquellas cosas.

–Continúa.

–Francamente, señor, perdería el tiempo con ella. Nadie consigue acercarse a Karin Wallis –el conserje dio por terminada la conversación cuando la pareja se

acercó a su mesa–. Ya no tardará mucho, señores
–aunque Xante fuera su jefe, los huéspedes siempre
eran lo primero. Después de todo, lo habían contratado
para eso.

Xante asintió con la cabeza y se dirigió a Recepción, donde les recordó que quería que le avisaran
siempre que llegara un jugador del equipo.

La reina de hielo.

Le habría gustado tener tiempo de poner a prueba
las palabras de Albert. Increíblemente atractivo y asquerosamente rico, a Xante Tatsis no le costaba mucho
atraer a las mujeres. Educado en una isla griega por su
madre viuda, había luchado duro para sobrevivir, hasta
el extremo de buscar comida en los cubos de basura de
los restaurantes donde comían los turistas ricos y explorar redes de pesca en busca de restos podridos. La
muerte de su padre lo había destrozado, pero aquel día
maldito había ocurrido también algo que había asustado al Xante de nueve años.

Él estaba en la playa esperando noticias con sus
tíos, primos y amigos y su madre se había quedado en
casa a rezar pidiendo un milagro. Hasta que llegó el
bote con su triste carga.

Un tío que había estado pescando con el padre de
Xante le había dado la noticia. Lo dejó llorar un rato y
luego le dijo que ahora tenía que ser fuerte. El sacer-
dote había ido a darle la noticia a su madre.

Xante no podía recordar el recorrido hasta su casa.
Quizá habían ido en coche; no se acordaba de nada.

Lo que sí recordaba era la sorpresa de entrar en su
casa y ver a su madre vestida de negro de los pies a la
cabeza.

Ella tenía menos de treinta años, pero aquel día, a
Xante le pareció que había envejecido dos décadas.

Los colores y su viveza desaparecieron para siempre. Aquel trágico día no sólo perdió a su padre, sino también la risa de su madre. ¡Y cómo había deseado recuperarla! Había querido verla vestir de nuevo faldas estampadas y camisas blancas de algodón. Había querido ver los rizos de su pelo en lugar de que ella lo escondiera debajo de un pañuelo negro; había querido que se pintara el rostro y poder oler su perfume.

Pero esos días, como su padre, se habían ido para siempre.

Su madre y la casa estaban inmersos en la pena.

Pero a los catorce años, Xante había encontrado una diversión.

Era alto para su edad, guapo, y las turistas lo encontraban atractivo. Los muchachos *kamaki* algo mayores le habían dicho que, después de haber dominado el arte de besar, era ya hora de pasar a las montañas. Montado en su scooter con una chica guapa que llevaba colores vibrantes y maquillaje, que se reía de sus bromas y se agarraba fuerte a su cintura, Xante había encontrado por fin libertad de los confines tristes de su casa.

Por supuesto, lo habían descubierto. Habían escrito a su madre desde el colegio para comentarle que faltaba mucho y ella había llamado a su tío, quien lo había encontrado en la montaña en una posición bastante comprometida. A Xante lo habían arrastrado a su casa y le habían dado una paliza de muerte mientras su madre gritaba que había llevado la vergüenza al apellido de la familia.

Aquello había acabado temporalmente con sus travesuras.

Xante se había concentrado en los estudios y mejorado las notas, pero las montañas seguían llamándolo.

Y tantos años después recordaba todavía la sensación de triunfo que se apoderaba de él en sus días de *kamaki* cuando provocaba una respuesta deliciosa en un cuerpo virgen o ayudaba a un ama de casa solitaria a escapar de la monotonía del lecho marital y volver a descubrir sus secretos más íntimos.

Reina de hielo. Xante sonrió para sí. Eso no existía.

Pero ese día estaba demasiado ocupado para distracciones. Tomó asiento en la sala de huéspedes, donde lo esperaba su ordenador. Le sirvieron café automáticamente, pero no pudo evitar observar a la mujer en cuestión cuando entró en la habitación.

El jefe de camareros inmediatamente la acompañó a una silla y Xante se dio cuenta por primera vez de que estaba nerviosa. Entendía bien a las mujeres; había crecido estudiando ese arte. Y aunque a muchas personas les habría pasado desapercibido, Karin Wallis estaba nerviosa. Sus ojos recorrieron la habitación al entrar.

Las cabezas se volvían a su paso.

Deportistas de elite, que tenían mujeres hermosas al lado, se fijaban en ella igual que Xante. No había nada sórdido en eso; las mujeres también miraban. Simplemente había algo en ella que merecía más de una mirada pasajera.

Sus finos rasgos de porcelana, el modo elegante en que se sentaba, con las piernas levemente a un lado y cruzadas en los tobillos, nada de eso pasó desapercibido a Xante.

No era huésped del hotel, de eso ya estaba seguro. Tampoco había un ordenador portátil a su lado ni miraba el reloj como si tuviera que encontrarse con alguien. De hecho, tomó la carta y, cuando Xante oyó su voz bien educada pedir té y un sándwich, comprendió que tenía intención de comer sola.

Sonó su teléfono. La llamada era importante, como siempre en esos tiempos, así que contestó y se puso a hablar en griego con su agente de Bolsa. Al instante se olvidó de la rubia para pensar sólo en los negocios… hasta que ella se levantó. Fue un movimiento que costó una gran cantidad de dinero a Xante y éste dijo a su agente que se ocuparía personalmente del desastre, finalizó la llamada y apagó el móvil.

Ella caminaba por la habitación mirando la pared de enfrente. Xante asumió que había perdido peso recientemente, pues llevaba un traje de chaqueta negro y la falda colgaba un poco demasiado baja en las esbeltas caderas y la chaqueta resultaba demasiado ancha para los hombros. Aun así, tenía curvas generosas en los lugares importantes. Tenía un buen trasero respingón y, al abrirse la chaqueta, mostró un suéter de cachemira. Había algo en ella que resultaba casi puritano. Llevaba poco maquillaje y el cabello rubio iba recogido en un moño bajo en el cuello. El suéter de cachemira era de cuello alto y los zapatos eran demasiado planos y pesados para lucir bien las piernas. Pero de todos modos resultaba espectacular y Xante tuvo que apartar la vista y fingir leer el periódico cinco minutos antes de que considerara decente ponerse en pie.

Ocupado o no, decidió que siempre había tiempo para una mujer hermosa.

Karin no sabía lo que hacía allí ni lo que iba a hacer ahora que estaba allí.

Habían pasado cuatro semanas desde que se diera cuenta de que la rosa había desaparecido. Había hablado con su hermano y Matthew le había dicho que la había vendido. Ella había accedido a vender otro cuadro más, una cómoda elaborada y los pendientes favoritos de su difunta madre para pagar el último año de colegio de su hermana, sin darse cuenta de que, al firmar los documentos, su hermano la había engañado incluyendo también la joya de la rosa.

La rosa incrustada de rubíes que habían entregado a su abuelo el año en que el equipo de rugby de Inglaterra había ganado todos los partidos era mucho más que una joya. Había sido la posesión preciada de su abuelo… y también la de Karin, que había escapado muchas veces del caos de su casa para pasar tiempo con su abuelo viudo en Omberley Manor, el hogar donde vivían ahora Matthew y ella. Había pasado muchas tardes escuchando las historias maravillosas de los días de gloria de su abuelo y recordaba cada una de ellas con amor.

Cuando Karin tenía quince años, su abuelo hacía tiempo que se había desentendido de los caprichos de su hijo y de su nuera y había dicho a Karin que, a su muerte, la rosa sería de ella. Para Karin, la rosa era el último vínculo con su abuelo y el gran hombre que había sido. Representaba también todo lo que su familia podía haber sido. Y, si conseguía proteger a su hermana de la verdad un poco más, quizá sería también un símbolo de todo lo que Emily podía llegar a ser un día.

Karin había buscado frenéticamente la rosa durante semanas. A la semana siguiente tenía que asistir a una reunión en Twickenham para celebrar los logros de su abuelo y se suponía que llevaría la rosa consigo, pero todos sus intentos por encontrarla habían sido inútiles. Sólo sabía que la rosa la había comprado un pujador anónimo, pues al parecer el comprador había insistido en el anonimato, y Karin ni siquiera sabía si era un hombre o una mujer.

Hasta aquella mañana.

Tomaba un café en la biblioteca y leía un artículo del periódico sobre el comienzo del torneo de rugby de las Seis Naciones que empezaría en el mes de febrero, cuando le había llamado la atención una información sobre el lujoso hotel de Twickenham donde el equipo de rugby de Inglaterra asistiría a una función benéfica. Al parecer, el dueño, un naviero griego, tenía una colección impresionante de recuerdos deportivos y su última adquisición había sido la rosa de rubíes.

Karin llevaba una vida rígida y ordenada. Lo hacía por elección; era mejor que sucumbir al gen temerario y avaricioso que había acabado por matar a sus padres y estaba destrozando a su hermano. Ella raramente actuaba por impulso.

Pero una hora antes lo había hecho.

Había alegado una jaqueca, se había puesto el abrigo y había tomado un taxi hasta allí, un lugar en el que apenas podía pagarse un sándwich. Las apariencias lo eran todo para los Wallis, así que había pedido un té y se había sentado a descansar e intentar forjar un plan. Y entonces la había visto, encerrada en una vitrina, a pocos metros de donde se sentaba ella.

La habían limpiado.

Cuando se acercó a examinarla, se preguntó por un momento si era su rosa, pero claro que lo era. De hecho, resplandeciente era tal y como la recordaba de su infancia. De los días lejanos en los que apretaba la cara al cristal y pedía sostener la «varita mágica de las hadas» como la llamaba entonces. Con las rodillas levemente dobladas y mirando la vitrina con atención, se dio cuenta de que eso era prácticamente lo que hacía ahora.

–Mi rosa es muy hermosa, sí –una voz con mucho acento le recordó dónde estaba y se enderezó rápidamente.

–Mucho –repuso apretando los dientes.

El hombre se presentó como Xante Tatsis y ella giró la cabeza con hostilidad.

–En realidad… –cuando por fin lo miró, no fue capaz de decir nada más, tan fuerte fue su reacción ante aquel hombre.

Los ojos negros de él se posaron en los suyos y tuvo la sensación de que caía en un remolino peligroso. Quería desesperadamente pisar los frenos, girar, hacer algo, pero sólo pudo permanecer un momento atónita, sin reaccionar.

Normalmente llevaba bien su escudo de hielo, pero había estado tan concentrada en la rosa que había bajado la guardia. Le ardía el rostro cuando observó el pelo negro y la nariz romana recta. Los ojos de él siguieron fijos en los suyos un segundo más de lo que resultaba decente y su boca, de labios gruesos y sensuales, se curvó en una sonrisa al calibrar la intensidad de la reacción de ella.

–Mire.

Él abrió la vitrina. Xante no necesitaba presumir para impresionarla, pero quería impresionarla. Estaba complacido con su última adquisición, la rosa de rubíes que suponía un accesorio perfecto para su hotel de primera clase. Su posesión no le producía un verdadero placer, como no se lo producían el resto de los recuerdos. Más bien disfrutaba de la ambición que lo había llevado a triunfar. Pero la rosa era excepcionalmente hermosa y representaba a los hombres de corazón de león de Inglaterra. Abrió la vitrina y sacó la joya.

–Se merece verla de más cerca; puede sostenerla.

Karin parpadeó y miró las manos morenas abrir la vitrina. Debajo del puño blanco de la camisa de él apareció un reloj caro y pesado y su traje de corte inmaculado se movió para acomodar sus hombros amplios cuando se inclinó a retirar la joya. Hasta la parte de atrás de su cabeza resultaba sexy. Pelo negro, sin una sola cana, bien cortado. Cuando se incorporó, Karin, algo recobrada ya, no lo miró.

—Disculpe, señor —el director del hotel se acercó a ellos—. Acaba de llegar otro jugador.

—Gracias.

Xante tenía que irse. Era apropiado que se fuera, pero también quería volver. Sería una grosería quitarle ahora la joya y encerrarla; ella la miraba disfrutando de su belleza igual que Xante disfrutaba de la de ella. Tenía unos ojos exquisitos, la única nota de color en su rostro, de un turquesa verdoso que recordaba a Xante el mar Egeo.

—Disfrútela —sonrió—. Volveré en un momento.

Capítulo 2

LA HABÍA dejado con la rosa.

Cuando Xante se alejó, Karin no supo qué pensar. Había entrado allí sin nociones ni planes y el dueño acababa de tenderle la rosa y dejarla con ella.

Era una señal de que seguramente era suya para hacer con ella lo que quisiera.

Karin nunca había robado nada. Ni una sola vez se le había pasado la idea por la cabeza. Pero entonces sí se le pasó. Había ido allí siguiendo un impulso a suplicarle al comprador que le dejara verla o... No sabía qué. No tenía dinero para comprarla a su vez; su hermano Matthew se lo había gastado antes de que ella supiera que la rosa había desaparecido.

Y ahora estaba en sus manos y aquel hombre no sabía quién era ella.

El corazón le latió con fuerza.

La joya pertenecía a su familia. Había sido la posesión más preciada de su abuelo y aquel multimillonario griego no había hecho más que pagar dinero por ella. Había asumido que su dinero le daba derecho a poseerla, a exhibirla... Pues bien, no era así.

Había una puerta de emergencia a su derecha, pero su abrigo estaba en Recepción.

Después de todo, sólo era un abrigo. Se acercó lentamente a la puerta, sudando, segura de que todo el mundo sabía lo que se proponía. Miró a su alrededor y vio que el mundo parecía seguir como de costumbre;

la gente reía, las parejas charlaban, se oía el sonido de las tazas de porcelana en las que tomaban el té. Echó una última mirada furtiva al vestíbulo y por segunda vez ese día, cedió a un impulso.

Empujó la puerta y salió al exterior. El aire frío le pareció delicioso en las mejillas ardientes y echó a correr. La vergüenza y los remordimientos la empujaban la lluvia le salpicaba la cara; tenía la sensación de que le iban a explotar los pulmones. De pronto se encontró con una enorme pared humana que le cortaba el paso. Unos brazos la agarraron por detrás y la hicieron caer al suelo.

—¿Tiene prisa por llegar a alguna parte? —preguntó el hombre que la había tirado.

Karin reconoció al capitán del equipo de rugby de Inglaterra y rezó para que no la reconociera. Guardó silencio con las medias rotas, la rodilla arañada y la cara sucia. Él la ayudó a levantarse y Karin estuvo segura de que su abuelo debía estar revolviéndose en su tumba al ver a la nieta a la que tanto había adorado devuelta al hotel por un miembro de su adorado equipo de Inglaterra.

Fue el paseo más humillante de su vida, pero como era un hotel de Xante Tatsis, al menos el incidente se trataba con discreción; hasta un vulgar ladrón era tratado con dignidad en un establecimiento de Xante.

Le ahorraron la vergüenza de lidiar con ella en el vestíbulo; en lugar de eso, el capitán y ella se dirigieron al despacho del director. Karin oyó sirenas de policía en la distancia cuando cerraban la puerta. El director la miró con aire sombrío y el capitán con disgusto evidente.

—No es lo que parece —musitó ella, agarrando todavía la rosa, sosteniendo en sus manos aquella prueba irrefutable.

–Yo diría que es exactamente lo que parece –fue la respuesta del capitán.

–Vamos a esperar a la policía –dijo el director con cortesía.

Para Xante, todo aquello había pasado desapercibido. Mientras charlaba con empleados y huéspedes, apenas si había notado un asomo de actividad en la sala. Miró hacia allí y frunció el ceño al ver que ella no estaba. Su mente no estaba en la joya, sino en la mujer.

Y entonces Albert le contó con discreción lo que había ocurrido.

Se sintió indignado.

No sólo por la joya, no sólo con ella, sino también consigo mismo.

Él entendía a las mujeres. Aparte de ganar cantidades obscenas de dinero, eso era lo que mejor se le daba. Había crecido con ello y, después de su amarga ruptura con Athena, había perfeccionado ese don, decidido a no dejarse engañar nunca más. Y Karin Wallis acababa de engañarlo.

¡La denunciaría! La cara de Xante expresaba furia cuando entró sin anunciarse en el despacho del director. Haría que la procesaran y ya vería lo elegante que estaría sentada en un coche patrulla.

Hasta que le vio la cara.

Pálida, manchada de barro, con los ojos verdes suplicándole. Las piernas le temblaban cuando se sentó y él observó la rodilla que sangraba. Entonces recordó de qué le sonaba su nombre.

Wallis.

La rosa que él había comprado se la habían dado al difunto Henry Wallis, y ahora, ante él, tenía a la vendedora avariciosa. Hasta Xante se había quedado sorprendido por la suma pedida por la joya, pero la había pagado. Y ahora, al parecer, la arpía había decidido que quería recuperarla.

Aquella mujer lo ponía enfermo.

–La he visto salir con ella –explicó el capitán–. Y he salido detrás.

–¿En qué estabas pensando, Karin?

Vio que ella lo miraba sorprendida al oír su nombre. La mente de Xante trabajaba imparable. Henry Wallis era una leyenda, una leyenda que merecía protegerse. Su intención había sido denunciarla, pero con el equipo de rugby de Inglaterra hospedándose en su hotel, prefería no tener aquel tipo de publicidad. No. Miró los ojos curiosos de la joven y decidió que podía lidiar con ella personalmente.

–Lo siento –a ella le castañeteaban los dientes con tal violencia que apenas si podía hacerse entender–. Por favor, haré lo que sea…

Lo cual era algo con lo que empezar a trabajar.

–Mis disculpas, agente –sonrió Xante al agente de policía que acababa de entrar–. Parece que le hemos hecho perder el tiempo. Ha habido un malentendido.

–La han pillado robando…

–Estábamos discutiendo –lo interrumpió Xante–. Esta joya era de su abuelo. A Karin no le gusta que la haya exhibido, ¿verdad, querida? –la vio tragar saliva y le sonrió–. Cree que eso denigra su memoria.

–¿Usted es Karin Wallis? –el capitán del equipo hizo una mueca–. Claro que lo es. Lo siento mucho…

–Tú no podías saberlo –se apresuró a decir Xante–. Ven –ofreció su mano a Karin–. Iremos arriba a aclarar esto.

Ella no tenía mucha elección, pero por un instante consideró llamar al policía y confesar; cualquier cosa era preferible a subir a la habitación de aquel hombre. Percibía su furia y sentía peligro. Dentro del ascensor, no dejó de mirarla a los ojos y ella permaneció rígida, negándose a mirarlo y preguntándose cómo podía salir de aquel lío. Pensó en su hermana Emily y en la humillación pública que habría tenido que sufrir si Xante la hubiera denunciado.

–Siéntate –le ordenó él cuando llegaron a su destino.

Sirvió un vaso de agua de una jarra y la observó beber. Volvió a llenar el vaso y a continuación se sentó en su escritorio, enfrente de ella.

–¿Estás bien?

Dadas las circunstancias, era curioso que se molestara en preguntarlo, pero a Karin la conmovió que lo hiciera.

–Quiero pedir disculpas –intentó mirarlo a los ojos, pero no pudo–. Por el malentendido.

–Karin, los dos sabemos la verdad, ¿vale? Has venido aquí con intención de robar la rosa.

–No –ella se alisó el dobladillo de la falda con las manos mientras pensaba cómo explicar el momento de locura que se había apoderado de ella–. He venido a hablar con usted. El sábado tengo que asistir a una función en Twickenham en honor de mi abuelo. La rosa era suya y todos esperan que la lleve… pero me la robaron de mi casa. He intentado seguirle la pista…

Karin notó que Xante sabía que mentía.

–No pensaba robarla, ha sido… Ha sido un impulso. Probablemente no tiene mucho sentido lo que digo…

–Tranquila –sonrió él–. Yo no tengo ninguna prisa.

–Lo siento, ¿vale?

–¿Por mentir o por robar?

–Estoy diciendo la verdad.

–¿Puedo decir algo yo? –preguntó Xante. Ella bajó la vista–. Creo que traficar con mercancía robada es un delito. ¿Has oído hablar de él?

–Sí.

–Por eso suelo ser muy cuidadoso con las cosas que compro. Todo esto es preocupante; mi comprador es siempre muy meticuloso con sus investigaciones –se levantó y se acercó a un archivador–. Asumo que denunciarías el robo a la policía.

Karin se enderezó en la silla y levantó la cabeza en un ademán de desafío. Se negaba a permitir que él viera su vergüenza.

Él le tendió un papel, pero ella no lo tomó ni se molestó en mirarlo. Sabía lo que había escrito allí.

–¿Ésa es tu firma?

–Yo creía que firmaba sólo por el cuadro –intentó explicarse ella, pero sabía que no tenía sentido.

¿Qué le importaba a él si Matthew la había engañado? ¿Por qué hundirse más en la vergüenza confesando que intentaba mantener una mansión con un sueldo de auxiliar administrativo y que habían acordado vender el cuadro para pagar el colegio de Emily porque no les quedaba más dinero?

–¿Entonces no la robaron, como has dicho antes?

–Claramente, no.

–¿O sea que es mía?

Ella apretó los dientes. No era de él. Técnica y legalmente, lo era, pero ella no podía admitirlo aún.

–Es mía, Karin –respondió él–. Tú la vendiste, y porque hayas cambiado de idea de pronto y seas una niña rica mimada acostumbrada a tomar lo que quiere y a salirse siempre con la suya, eso no altera el hecho de que la rosa me pertenece. Si hubieras optado por comentar esto racionalmente, quizá habríamos llegado a un acuerdo.

Xante miró la rosa sobre su mesa y se preguntó qué la había impulsado a separarse de ella en primer lugar. No podía creer que la mujer hermosa y elegante que había entrado en su hotel menos de una hora antes lo hubiera engañado tan fácilmente.

–Hoy he cometido un error –dijo ella con voz clara.

Se notaba que intentaba recuperar el control, salvar lo que pudiera de aquella situación; pero se negaba a recurrir a las lágrimas. Estaba erguida en la silla, con las manos en el regazo, y lo miraba como si fuera ella la que dirigía la entrevista.

–La rosa significa mucho para la familia Wallis; hay mucha historia detrás de ella. No espero que lo comprenda.

–¿Por qué?

Xante tenía la sensación de que una columna de humo negro subía en su interior. Cualquier simpatía que pudiera sentir por ella, se evaporó y quedó sólo rabia.

–Hay mucha tradición.

–Karin –la interrumpió él–. Los griegos también tenemos tradición e historia, pero en nuestra cultura, un ladrón es un ladrón.

–¿Me va a denunciar?

–No voy a hacerle perder el tiempo a la policía otra vez.

–¿Y la rosa? –preguntó Karin.

Xante sonrió.

–Ah, es verdad, tienes una función el próximo sábado.

Pareció pensar en ello; achicó los ojos un momento y se encogió de hombros.

–Te propongo un trato. Tú me das tu número de teléfono y, si decido ponerla en venta, serás la primera en saberlo.

Era inútil, porque ella no podía pagarla de todos modos, pero anotó obedientemente su número.

–Gracias.

No podía creer que fuera a escapar tan fácilmente, pero cuando se disponía a levantarse, se dio cuenta de su error.

–Todavía no he terminado, Karin.

–No veo que quede nada más que hablar.

–Oh, sí queda.

Había varias mujeres esperando su llamada, todas ansiosas por ir esa noche a su lado, pero a él de pronto le pareció apropiado llegar esa noche en compañía de la nieta de Henry Wallis. Se dijo que no tenía nada que ver con la mirada de aprobación que había visto en los ojos del capitán del equipo de Inglaterra cuando se había dado cuenta de quién era Karin.

–Esta noche hay una cena formal aquí para recaudar fondos –vio que ella fruncía el ceño y pensó que era un placer raro observar algo así en comparación con las mujeres con botox que solían colgarse últimamente de su brazo–. Teniendo en cuenta que acabo de insinuar que eres mi amante, no hay otra salida.

–¿Quiere que vaya a la cena con usted?

–No –corrigió él–. Yo quería llevarme a otra persona a la cena esta noche, pero dadas las circunstancias, ahora tienes que ser tú.

–¿Pero por qué me va a llevar a mí? He intentado robar…

–Tendrías que ser extraordinariamente estúpida para volver a intentarlo. Además, no me has dejado elección. No puedo ir solo y, gracias a tu actuación abajo, ahora asumen que estamos juntos.

–¿Y es sólo la cena? –preguntó ella.

–Dentro de un momento supongo que irás a lavarte –Xante se burló de ella con una risita–. Y cuando lo hagas, por favor mírate bien. Puedo asegurarte que la cena será más que suficiente.

–Iré a casa a prepararme.

Él la detuvo.

–Perdóname si parezco desconfiado, pero prefiero que te prepares aquí.

–No he venido vestida para asistir a un evento así.

–Hay un salón de belleza abajo; haré que te envíen ropa de una boutique –él sonrió al ver que ella enarcaba las cejas–. Te llevaré a mi suite –notó que ella se ponía rígida–. Yo me ducharé y cambiaré aquí. Iré a buscarte a las siete.

La guió a lo largo del pasillo y entraron en una suite amplia y lujosa. Karin comprendió que una de las ventajas de vivir en un hotel de cinco estrellas era que uno estaba siempre preparado para huéspedes inesperados. Sus tacones se hundieron en la gruesa alfombra y observó los muebles relucientes. Estaba acostumbrada a estar rodeada de cosas buenas y no debería haberse sentido tan abrumada, pero todo aquello conseguía resaltar más lo que faltaba en su casa. Los muebles estaban cuidados y encerados con primor y los gruesos cortinones seguramente no lanzaban una nube de polvo al descorrerlos.

–Llamaré a la boutique y enviarán a alguien. ¿Te importa pedir hora en la peluquería?

–¿Me darán cita? –Karin miró su reloj. Las cuatro de la tarde de un sábado no era el momento ideal para una cita así.

–Llamarás desde mi habitación –repuso él–. No habrá mucho problema.

Salió por la puerta y Karin se quedó sola. Llamó al salón de belleza y le dijeron que alguien estaría con ella antes de una hora.

La boutique se mostró igual de dispuesta a cooperar y le envió una selección de prendas y a una ayudante. Karin declinó la ayuda de ésta y se probó los vestidos en la privacidad del espacioso cuarto de baño.

Eligió uno de terciopelo rosa fuerte que le sentaba como un guante. Cuando se hubo arreglado el pelo y tuvo la cara y las uñas de manos y pies pintadas a la perfección, aceptó que, teniendo en cuenta lo frugalmente que había intentado vivir en el último par de años, todo aquello se podía considerar un regalo inesperado.

La esteticista tomó el vestido. Karin estaba ya peinada y maquillada y quedaba poco tiempo.

—Deje que la ayude a vestirse.

—Ya me las arreglo yo, gracias.

—Pero la cremallera...

—Me las arreglaré —contestó la joven.

Cuando se quedó sola, ataviada con el albornoz del hotel, se miró al espejo y apenas se reconoció. Siempre le habían interesado más los libros que el maquillaje y su estilo de ropa era cuando menos conservador. Y con buenos motivos.

Pero sabía que esa noche atraería miradas. En cierto sentido, siempre las atraía. Eso no era vanidad; simplemente, su rostro y su nombre resultaban reconocibles incluso aunque no se esforzara. Pero con el pelo en un recogido tan espectacular y el maquillaje tan logrado, no podía por menos de reconocer que tenía buen aspecto. Resultaba atractiva y quizá incluso sexy...

Pero no eran las miradas lo que le preocupaba; era Xante.

Nunca había sentido una atracción tan violenta por un hombre; ni siquiera David, con el que había salido durante meses, la había afectado de aquel modo. En el primer instante, antes de su estúpida acción con la rosa, había habido una atracción que ahora no podía borrar de su mente.

Tragó saliva para suprimir los nervios que se agitaban como mariposas en su garganta y se quitó el albornoz.

Procurando no mirarse al espejo, se puso las braguitas de encaje y el sujetador sin tirantes que había elegido. Eran hermosos, encaje negro contra la piel rosada y con cuentas minúsculas en el centro. Pero Karin los odiaba. Su belleza y fragilidad sólo acentuaban las cicatrices que formaban una red fea debajo del pecho y las marcas gruesas en la piel donde el metal caliente del coche había cortado su carne. El cirujano le había dicho que, cuando las heridas sanaran del todo, se podría hacer algo para disimularlas, pero nunca habían hecho nada.

Sus padres se habían mostrado reacios a hablar de las circunstancias del accidente y pedir más tratamiento y Karin, a su vez, también se había mostrado reacia a volver a enseñar su cuerpo y revivir la pesadilla. Había sido mucho más fácil cubrir las cicatrices y fingir que no existían.

Excepto porque sí existían.

Y por mucho que dijeran los libros de autoayuda que tenía que quererse a sí misma y los demás la seguirían o que un hombre que la amara la aceptaría con sus defectos, la realidad no funcionaba así. Porque ella había confiado en David, le había contado su pasado a instancias de él y le había mostrado sus cicatrices después de que él le asegurara que eso no cambiaría nada. Pero no había sido cierto.

A pesar de los repetidos y desesperados intentos de ella, la había rechazado una y otra vez en el modo más íntimo posible.

Karin y su deslumbrante capitán del ejército, una pareja dorada de la buena sociedad, se habían separado, según la prensa, «amigablemente». Pero las cicatrices que David le había dejado no tenían nada de amigable. Eran unas cicatrices emocionales, pero tan profundas como las de su cuerpo.

Una lágrima rodó por su mejilla y Karin se apresuró a secarla. Nadie debía adivinar que su vida no era perfecta.

Por el bien de Emily.

Se puso el vestido y se miró al espejo. La prenda ceñida resaltaba su pecho. Mostraba poco escote, pero con los brazos también desnudos daba la impresión de que enseñaba mucha piel. Y Karin se sentía semidesnuda.

Cuando llamaron a la puerta, respiró hondo y contuvo el aliento mientras Xante entraba en la estancia. Miró sus ojos negros y sintió algo desconocido dentro. Esa excitación la ponía nerviosa. Nunca le había resultado fácil mirar a un hombre a los ojos, pero con aquél quería hacerlo, y eso era lo que la asustaba. Sus rasgos morenos y atractivos tampoco contribuían a apaciguarla; casi podía oler la testosterona en el aire que los rodeaba. Karin sabía que, a pesar de la suite de lujo y el traje de diseño, Xante era un chico malo reformado. Se puso instantáneamente a la defensiva. Tomó un bolso pequeño de pedrería y metió dentro el brillo de labios. Sonrió.

—Bien, acabemos de una vez.

—Karin… —la voz de él, su acento fuerte, parecían acariciarla por dentro, convertirla en un manojo de nervios. Pero ella lo ocultó y lo miró a los ojos con un desafío frío—. Podemos pasar una noche desgraciada intercambiando exabruptos y odiando cada minuto que estemos juntos o podemos intentar disfrutar de la velada.

Ella asintió con la cabeza con rigidez.

—Estás muy hermosa.

—Gracias —él parecía un hombre cómodo con su potente sexualidad y Karin habría matado por tener una parte de su seguridad en sí mismo—. Tú también.

Sus palabras sonaban tensas y su sonrisa era forzada. Cruzó la estancia y salió al ascensor.

Aunque lo hiciera pensando más en los huéspedes que en ella, se sintió agradecida cuando la mano de él encontró la suya. Karin se la apretó a su vez.

—Todo irá bien —él la miró sonriendo cuando el ascensor llegó al vestíbulo; era la misma sonrisa con la que la había recibido la primera vez, una sonrisa ni burlona ni superior, sólo acogedora.

Cuando se abrió la puerta del ascensor y salieron juntos, Karin procuró no pensar demasiado en ello.

Xante Tatsis sin duda estaba acostumbrado a salir con las mujeres más hermosas del mundo. Si conociera su pasado, si conociera su presente, no la querría en absoluto.

Era imperativo mantener las distancias.

Apartó la mano, volvió su atención a los invitados e hizo lo que hacía siempre que se imponía el deber… resplandecer.

Capítulo 3

CUANDO llegaron las siete de la tarde, Xante había empezado a cuestionarse seriamente su decisión de hacerse acompañar por Karin esa noche.

Por supuesto, la había investigado. Conocía ya los logros de su abuelo, pues la extraordinaria carrera de Henry Wallis en el rugby era algo legendario, pero había averiguado muchas más cosas. Henry había tenido sólo un hijo, George, que había asistido a los mejores colegios, se había licenciado en leyes y se había instalado como abogado. El apellido Wallis había seguido brillando. George se había casado con Sophia, una belleza de la buena sociedad y juntos habían tenido tres hijos muy rubios. Habían sido la comidilla de Londres. Sophia había patrocinado muchas galas benéficas y apoyado la carrera, aparentemente inexistente, de su marido. Xante había leído con una sonrisa irónica que una invitación a una fiesta de los Wallis se consideraba en otro tiempo como una invitación a unirse a la elite de la sociedad de Londres.

Pero hasta los cuentos de hadas tenían su lado oscuro. Había habido algún que otro artículo, rápidamente refutado por los buenos amigos de los Wallis, que afirmaban que George estaba profundizando en sus estudios o trabajando en un caso internacional y no sumido en el alcohol y las deudas, como clamaban sus enemigos. Pero en la firme armadura de los Wallis había habido más de una grieta de ésas. Aunque todo había quedado perdonado al encontrar la muerte el matrimonio dos años atrás en un accidente de barco. Su hijo Matthew se lo había tomado muy mal, pero dadas las circunstancias, la prensa había disculpado su comportamiento errático. Karin, al parecer, había lidiado con el dolor recorriendo el globo en busca de inviernos fríos y veranos calientes, esquiando en Suiza o tomando el sol en una playa del sur de Francia, mientras la más joven de los Wallis, Emily, terminaba sus estudios en un internado.

Los padres habían muerto en uno de los barcos de la compañía de Xante, quien había tardado menos de cinco minutos en acceder a los archivos y descubrir que, después del accidente, los investigadores del seguro habían cuestionado la seguridad mecánica del barco. Sus abogados, a su vez, habían tenido acceso al informe del forense e informado a los investigadores del impecable historial de seguridad de la compañía. También habían señalado que los niveles de alcohol en sangre de ambos ocupantes habrían hecho que un paseo por el parque resultara peligroso.

Sí, leyendo entre líneas, el comportamiento de Karin empezaba a cobrar sentido. La familia Wallis había vivido del éxito de su abuelo, se habían llenado el estómago con eso hasta que la mesa había quedado vacía… y Karin ansiaba todavía más.

Por eso, cuando Xante llamó a la puerta de su suite, lo hizo con una mezcla de irritación e impaciencia porque terminara aquella noche y relegar a Karin Wallis al pasado.

Hasta que la vio y volvió a perder toda racionalidad.

La figura esbelta de ella estaba envuelta en un vestido de terciopelo rosa fuerte. No llevaba joyas, excepto por dos pendientes de diamantes minúsculos; no necesitaba nada más. Su largo cabello rubio iba recogido elegantemente en un moño alto y Xante deseó soltarlo horquilla por horquilla.

Tuvo que tomarse un momento para reponerse; momento en el que recordó todo lo que le había cautivado de ella y que lo impulsó a decidir que dejaría a un lado todo lo que sabía de ella para disfrutar de la mujer que era.

De camino al ascensor, pudo sentir la tensión de ella a pesar de su aparente indiferencia. Y cuando le tomó la mano, esperaba que ella la apartara con rapidez, pero se vio recompensado por la presión dulce de sus dedos. Y eso lo cambió todo.

Karin Wallis era su invitada aquella noche y Xante no tardó en empezar a valorarla. Su compañía era interesante, charlaba fácilmente con los invitados más importantes y con sus acompañantes. Y cuando los jugadores se dieron cuenta de quién era, la aceptaron como jamás podrían aceptar a Xante.

Aquello lo molestó un momento. Era su hotel, pero no su noche, y los asientos se habían organizado de modo que los jugadores y los invitados de elite estuvieran sentados en la mesa principal. Pero alguien debió hacer algo porque, con Karin Wallis como acompañante, de pronto se vio sentado entre la elite, con ella a su lado. En aquel momento lo aceptaban como nunca lo habían aceptado antes. Pero resultaba difícil permanecer irritado con unos huéspedes así, y casi fácil ignorar la parte que había jugado ella en su aceptación.

Le había dicho que tenían que concentrarse en disfrutar de la noche.

Karin declinó el vino y pidió agua mineral con gas.

–No bebo.

–¿Nunca?

–Nunca.

Karin aceptó el agua mineral y respiró hondo. Comprendió que se estaba divirtiendo. Era muy consciente del hombre sentado a su lado, sentía de vez en cuando la mano de él en el brazo e invadía su espacio personal cuando se inclinaba hacia ella para escuchar. Era un hombre más expresivo y atento que David. Pero allí, bajo las luces brillantes del salón de baile y rodeada por otros comensales, sabía que podía mantenerlo a distancia y eso le permitía relajarse.

–La comida es magnífica, Xante.

Era cierto. El *roastbeef* estaba tan tierno que se podía cortar con un cuchillo para la mantequilla; ante ellos había bandejas y bandejas de verdura al grill y el pudín de Yorkshire estaba esponjoso como una nube.

–No te imaginas la de trabajo que lleva este menú tan sencillo –confesó Xante–. Tengo un chef francés muy temperamental, pero que es un genio. Jacques.

–¿Oh?

–El año pasado tuvimos al equipo aquí. La comida era soberbia. Jacques llevaba días preparándola. Al día siguiente lo encontré llorando porque se había enterado de que la mayoría del equipo había pedido sándwiches al servicio de habitaciones. Este año nos aseguraremos de que nadie se vaya con hambre a la cama.

Desde luego, lo habían conseguido. El suntuoso asado fue seguido de una selección de pasteles, bañados todos con las natillas más exquisitas.

–Mi abuela hacía esto –ella se sonrojó. Cerró los ojos y tomó un bocado.

–¿Estabas muy unida a tus abuelos?

–Sí, mucho.

–¿Y a tus padres?

Él movió la cabeza en un gesto de disculpa. Sabía que había cruzado una línea y estaba enfadado consigo mismo por haber olvidado la verdadera razón por la que ella estaba allí.

Karin sonrió e intentó cambiar de conversación.

—¿Irás a alguno de los partidos de las Seis Naciones el año que viene?

—A un par de ellos, espero.

—Seguro que si se hospedan en tu hotel…

—No estoy aquí muy a menudo.

—Oh.

—Tengo muchos hoteles, aunque éste es mi favorito. Pero los hoteles son sólo una parte de mis negocios.

Decidió no aclarar que eran una parte pequeña, no decir que era el magnate naviero de más éxito de la época.

—Tus padres deben de estar orgullosos —esa vez fue ella la que llevó la conversación al terreno personal.

—Mi padre murió cuando yo tenía nueve años. En un accidente de barco.

—Igual que los míos —repuso ella—. Hace menos tiempo, pero también murieron en un accidente de barco.

No. Xante se mordió la lengua para no decirlo. Su padre había muerto trabajando; su padre había muerto porque su empresa lo había enviado al mar en un barco mal mantenido. No había tenido nada que ver con el final amoral de los padres de ella. Pero en lugar de negar, asintió con la cabeza.

—¿Y tu madre? —preguntó ella.

—Sólo queda una cosa que pueda hacer que mi madre se sienta orgullosa de mí. Es de este tamaño —él separó las manos unos treinta centímetros; su sonrisa era tan contagiosa que Karin se descubrió sonriendo a su vez–. Hace mucho ruido y huele mal a veces. La semana que viene iré al bautizo. Mi primo Stellios, que además es mi mejor amigo, acaba de tener uno.

–¿Una cosa maloliente y ruidosa? –preguntó ella.

Xante asintió.

–O sea que me pasaré el fin de semana teniendo que escuchar que debería asentarme con una buena chica griega y tener hijos en vez de perder el tiempo con deportes y trabajo y tonterías de ésas.

–¿Tienes hermanos?

–Soy hijo único –él puso los ojos en blanco.

–¡Oh, vaya! –sonrió ella, que empezaba a disfrutar de verdad. Xante Tatsis de cerca, aparte de ser guapísimo, tenía un humor seco muy atrayente–. Buena suerte el próximo fin de semana.

Xante estuvo a punto de decirle que lo acompañara. Pero, por suerte, se levantó el presentador, las luces se atenuaron y Xante respiró aliviado.

Desde su ruptura con Athena, nunca había llevado a una mujer a la isla, y si lo hacía ahora, la implicación para su familia sería enorme. Karin Wallis podía tener todos los atributos de una dama, pero bajo aquel vestido, tenía una rodilla lastimada porque se había caído al huir después de haber robado. En ese momento se inclinó para decir algo, una mera observación sobre los discursos, y Xante captó su perfume. Un rizo escapado de ella le rozó la mejilla y se sintió tan perdido que tuvo que pedirle a Karin que repitiera sus palabras.

Los discursos y las formalidades se prolongaron indefinidamente, pero a ninguno de los dos parecía importarles. Sentados juntos, escuchando y hablando de vez en cuando, parecían de verdad una pareja. Sólo que, cuando Karin empezaba a relajarse, empezó el plato fuerte de la noche… la subasta de recaudación de fondos. Parecía subastarse de todo, desde unas vacaciones en el Caribe hasta un lujoso retiro de invierno en Lago Como o adornos de Tiffany's que Xante compró a un precio exagerado para su ahijado. Y sin embargo, Karin sólo conseguía sentirse enferma. El copioso gasto, la cantidad de dinero, le resultaba demasiado familiar.

Pero ese gasto sólo había sido el principio. Cuando el subastador hizo callar a la sala, se anunció el premio más importante... un grupo de hasta veinte personas que acompañarían al equipo de rugby inglés durante una semana y tendrían acceso a los entrenadores y masajistas. El director de un colegio sólo de chicos abrió la puja y Karin observó cómo subía la fiebre en la sala. Sentía que había algo más que el deseo de conseguir aquel premio por excelencia... y era ese deseo de presumir de riqueza que tanto aborrecía. Como sus padres, como Matthew, que habían tirado el dinero en cosas que no querían ni necesitaban sólo porque tenían que mostrar que podían hacerlo. Y cuando Xante superó las pujas, el salón estalló en aplausos y lo felicitaron por la suma de dinero que había pagado por algo que probablemente no usaría nunca, a Karin le costó mucho interpretar su papel de acompañante agradable y sonreír a aquel exceso.

Que no estaba impresionada precisamente resultaba evidente; cuando Xante se guardaba el sobre del premio, la vio muy seria.

–No pareces muy complacida.

–No es de mi incumbencia –replicó ella.

–No –sonrió él–. No lo es.

Quedaron sentados en un silencio tenso. Tenso porque Xante no era el único que se daba cuenta de cómo podía cambiar un acompañante su estatus. Consciente de su reputación de «reina del hielo», Karin solía permanecer al margen en ese tipo de funciones, incapaz de relajarse, rígida e incómoda, lo cual sólo conseguía acrecentar los rumores en esa dirección. Pero esa noche había notado un cambio al entrar en el salón.

Los hombres la habían mirado de un modo diferente… y las mujeres también. La invitaban a sus círculos como nunca antes; iban más allá de la conversación incómoda y cortés de siempre para pasar a reír y bromear como si ahora fueran amigos, como si ahora quisieran conocerla.

Le costó un rato entender por qué la trataban distinto. Pero al fin se dio cuenta. No tenía nada que ver con ella y sí mucho con Xante.

Él tenía un punto peligroso, como un trueno que resonara en la distancia. Sus labios sensuales apenas se movían y, sin embargo, nunca una boca había sido tan expresiva. Su cuerpo era una mezcla de energía y tensión bajo su traje inmaculado y sus ojos, al encontrarse con los de ella, hablaban de sexo, de pecado y de lugares íntimos y pícaros, aunque sus palabras fueran extremadamente corteses. Y si ella estaba con Xante y aquella noche era real, entonces seguro que los periódicos se habían equivocado con ella, porque estar con Xante, ser la mujer con la que estaba él, tenía que significar que ella tenía facetas ocultas.

Lo acompañó a la pista de baile con nerviosismo, como temerosa de que se notara su mentira.

Pero Xante sabía lidiar con el nerviosismo. Después de todo, había pasado su adolescencia con turistas, mujeres que buscaban dos semanas de diversión y romance en el sol griego, semanas que él había estado encantado de ofrecerles. Las había llevado en su scooter por la isla, con los muslos de ellas abrazándolo y el delicioso olor a excitación impregnando el aire. Las había llevado a lugares apartados, les había jurado que les escribiría, que llamaría, que cada una de ellas era única… Tan convincente resultaba en esos momentos que hasta él estaba a punto de creer que era cierto. A Xante le gustaba la caza, buscaba el premio de la rendición más difícil… y Karin Wallis, tensa y rígida en sus brazos, ofrecía el desafío que él tanto había buscado. Las mujeres últimamente eran demasiado impacientes, estaban demasiado dispuestas a complacer.

Pero aquélla no.

En la penumbra de la pista de baile la sostenía con delicadeza, con las manos bajas y sueltas en su cintura. No tenía prisa. Xante sabía bien lo que hacía.

Karin no lo sabía.

Toda la noche los ojos de él habían hablado de deseo y había habido una sexualidad patente a su alrededor, un punto licencioso que ninguna cantidad de dinero podía disimular. Cierto que se había comportado en todo momento como un perfecto caballero y, para sorpresa de Karin, seguía haciéndolo. ¿Quizá la decepcionaba eso? No había ningún asomo de insinuación en el modo en que la tocaba; era como si estuviera bailando con una tía suya.

–Ya no va a durar mucho más –musitó él con cortesía encima de la cabeza de ella.

–Bien –dijo Karin en el pecho de él, pero de nuevo sintió una punzada de decepción que no entendía. No quería que la deseara y, sin embargo, sí quería.

Las manos de él eran cálidas en su cintura y su aroma sutil resultaba más potente ahora que estaban más cerca. Y Karin deseó que aquella velada fuera verdad, que ella fuera la mujer que podía atraer la atención de Xante, la mujer con la que se acostaba; que los periódicos y los rumores estuvieran equivocados. Sabía lo que decía de ella la prensa. Sabía que la gente la consideraba fría y frígida. Pero bajo ese escudo protector, era una mujer que anhelaba que la abrazaran y adoraran, y hasta el momento le había resultado imposible. Sin embargo, allí en la penumbra y en los brazos de él, conseguía olvidarlo. Se sentía como si bailara al borde del sol, como si con un movimiento en falso o un tropezón pudiera caerse dentro y disolverse en una nada deliciosa.

Las manos de él estaban ahora un poco más bajas, o quizá era su imaginación. Pero parecían haber descendido una deliciosa fracción y le calentaban la parte baja de la espalda con ambos dedos meñiques justo al comienzo de la curva de las nalgas. Ella era increíblemente consciente de su cuerpo, pero no en el modo incómodo de antes. Había una diferencia: el calor que se extendía a partir de las manos de él y la excitación que colgaba pesada entre ellos. El hotel de Xante era demasiado elegante para poseer algo tan vulgar como una máquina de hacer niebla, pero eso era lo que más se acercaba a la descripción del manto de deseo que los envolvía y penetraba en su piel, su pelo, incluso en el aire que respiraba. En sus venas bullían burbujas pequeñas que se colaban en lugares desconocidos y de pronto era consciente de sus pechos, de su peso dentro de la suavidad del vestido, de su piel cosquilleando con la necesidad de un contacto mayor; y en la parte baja del estómago sintió un tirón desconocido, como las cuerdas de un violín que se tensaran. Su cuerpo respondía como lo haría el de cualquier mujer, pero ella no estaba acostumbrada a eso.

Olía la colonia de él con más intensidad que antes y cuando la mejilla de él rozó la suya, sintió el roce de su barba incipiente debajo de su mandíbula firme. Sintió el cosquilleo sutil de sus labios en el pelo, en las mejillas y los susurros de su aliento rozándole la oreja cuando la boca de él avanzaba lentamente hacia la suya; sería un alivio que la besara.

Sólo que él no lo hizo.

En lugar de ello, echó atrás la cabeza y la miró a los ojos, le dijo con una sola mirada lo que quería hacerle exactamente, los lugares a los que la llevaría si ella consentía en ir a su cama. A Karin le ardieron las mejillas y deseó con fuerza posar los labios en los de él, ceder a la presión sutil de sus manos y dejar que sus cuerpos se fundieran. Excepto porque ceder ahora implicaría que tendría que mostrarse más tarde e imaginar la decepción que seguramente seguiría a eso le dio fuerzas para resistirse, apartar la vista y soltarse de su abrazo.

Casi la había conquistado. Había sentido su calor en las manos, había visto la lujuria en sus ojos y se había sentido extrañamente privilegiado al ver los primeros síntomas de su entrega. Pero todo eso había acabado pronto. Antes de que terminara la música, había sentido también su distancia. Subieron las luces y acabó la magia. Y para Xante había un desafío pendiente.

Un desafío que le gustaba. Tal vez le llevara un tiempo, pero todavía no había perdido ninguno.

—Te pediré un coche —observó el parpadeo rápido de ella y supo que estaba en guardia.

—Xante —los llamó el capitán del equipo cuando cruzaban el vestíbulo—. Karin... Siento muchísimo lo de esta tarde.

—Por favor, no te preocupes —sonrió ella—. Si salgo corriendo con joyas por salidas de emergencia cuando el equipo de rugby inglés está presente, tengo que esperar que me hagan un placaje.

—¿Pero no te he hecho daño?

—En absoluto.

—Quiero invitaros a los dos al partido del próximo sábado.

–En realidad… –Karin se ruborizó levemente–. Me encantaría… Nos encantaría, pero yo ya voy a asistir al partido de todos modos. Antes del partido van a honrar a las viejas leyendas y tengo que dar un discurso en la comida previa.

–Entonces tendremos que elegir otra fecha. Xante, has dicho que intentarías estar en Londres para el partido de Inglaterra contra Escocia en febrero. ¿Os vendría bien a los dos?

–Estaremos encantados de asistir como invitados tuyos –sonrió Xante.

Pero sentía de nuevo cierta irritación. Esa noche había conversado con miembros de la realeza, se había sentado codo a codo con la aristocracia y ahora lo invitaba el capitán inglés en privado. Había disfrutado de cada momento, pero normalmente tenía que pagar por tales privilegios. Con Karin a su lado, parecían convertirse automáticamente en un derecho… y eso resultaba irritante.

–No importa, Xante –ella percibió su incomodidad cuando caminaban por el vestíbulo y la interpretó mal–. He asistido a muchos partidos de rugby. Seguro que encontrarás otra rubia que ocupe mi lugar. Además, creo que ese día tendrá más cosas en la cabeza que preocuparse de dónde estamos nosotros.

–Ya se nos ocurrirá algo –pensó por un momento invitarla a una copa arriba con el pretexto de que recogiera sus cosas, pero lo descartó en el acto. Sabía lo que hacía–. Vamos a llevarte a casa.

–Señor… –el encargado de noche se acercó en cuanto salieron al patio delantero–. Quizá tarde un poco el coche; todos nuestros chóferes están llevando invitados a casa.

–Por supuesto –dijo él.

Después de todo, ésas habían sido sus instrucciones. Además, a nadie se le había pasado por la cabeza que una acompañante suya pudiera irse a su casa.

No era sólo el aire frío lo que hacía temblar a Karin mientras esperaban el coche. Xante sabía que ella esperaba su ataque. Sonrió para sí.

Le gustaba hacerla esperar.

—Ahí está ya el coche –dijo con cortesía suprema–. Gracias por tu compañía.

Karin apenas podía creer que la dejara marchar así. Después de todo, había intentado robarle. Y luego había sentido la tensión en la pista de baile. O al menos creía haberla sentido. Parpadeó confusa.

—¿Puedo irme?

—Por supuesto –él la besó en la mejilla y se apartó.

El chófer sostenía la puerta abierta, pero Karin permaneció un momento sin moverse.

—¿Me llamarás? –preguntó. Y rectificó enseguida–. Es decir, si decides vender...

—Dudo que lo haga –él le puso una tarjeta en la mano–. Pero puedes llamar tú y decir si te interesa.

—Sabes que me interesa.

—Es la tarjeta de mi secretaria. Es muy eficiente y lleva la cuenta de estas cosas. ¿Quieres llamarla mañana?

Ni siquiera le había dado su número personal.

Karin pensó que él no podía haber dejado más claro que aquello era una despedida.

—Buenas noches, Karin.

La observó subir al coche.

Las mujeres eran el único aspecto de la vida en el que Xante carecía de escrúpulos.

El sexo para él era tan esencial como el café por la mañana, que le gustaba cargado y dulce. Oh, trataba bien a las mujeres, inundaba a sus amantes de regalos y vacaciones y, según los rumores, era también generoso en el dormitorio. Pero su corazón no entraba en la ecuación.

Cuando el coche se alejó en la noche, sonrió.

Esa noche tendría que dormir solo, sí. Pero Karin Wallis se pondría pronto en contacto y habría valido la pena la espera.

Capítulo 4

KARIN no encontró consuelo en su casa.

Omberley Manor se alzaba elegante, alta y orgullosa, pero todas las luces de dentro estaban encendidas y antes de que el chófer abriera la puerta y ella pisara la grava, oyó el ruido de la música que no faltaba nunca los fines de semana.

No hizo ningún comentario al chófer, por supuesto. Había aprendido tiempo atrás que comentar algo constituía una suerte de disculpa y la familia Wallis no necesitaba hacer eso, no necesitaba justificarse por dar una fiesta un viernes por la noche.

Excepto que en su casa había fiesta casi todas las noches.

Fingió que usaba la llave para abrir la pesada puerta de roble, que, por supuesto, ya estaba abierta, pues ni Matthew ni sus amigos se molestaban en cerrarla. La casa estaba abierta a cualquier ricachón que quisiera divertirse hasta el amanecer.

Mientras se abría paso entre sus cuerpos y las botellas que cubrían el suelo, le resultaba difícil entender que sólo un rato antes había estado cenando rodeada de esplendor y más difícil todavía afrontar la realidad.

–Se irán pronto –musitó Matthew, que se tambaleaba pálido por el pasillo. Sus rasgos atractivos mostraban claramente la huella de muchos años de vida descontrolada.

Pero Karin sabía que no se irían.

El viernes había dado paso ya al sábado y ella conocía bien el patrón. Primero las disculpas que llegarían el domingo, o quizá el lunes, y luego la operación de limpieza que seguiría hasta que la diversión empezara de nuevo.

Lo conocía bien porque había vivido así toda su vida.

—Se habrán ido por la mañana y haré que limpien la casa.

Resultaba tan patético que ella se echó a reír.

—Se irán cuando se hayan bebido lo que quede en la bodega, se hayan comido la comida que compré y hayan dormido en mi cama, Matthew —se llevó una mano a la frente—. No puedo vivir así.

—Pues márchate —repuso Matthew, ahora con gesto amenazador—. Estoy harto de que te sientas desgraciada, harto de que me pongas en evidencia metiéndote con mis amigos. Si tanto odias vivir aquí, márchate.

Lo cual era lo que él quería.

Y lo que, en sus momentos de debilidad, quería también Karin… alejarse de allí y ver a distancia cómo Matthew acababa por venderlo todo y destruir la hermosa mansión inglesa que mostraba ya señales de deterioro. Irse y ver cómo se destruía por fin todo lo que había construido y logrado su abuelo.

Diez meses.

Contaba los días y los minutos hasta que Emily acabara el colegio.

Emily asistía al mismo internado al que había ido ella. Y aunque Karin había descubierto tiempo atrás que el dinero no contaba para nada, sabía muy bien las humillaciones que sufriría su hermana si se hacía público el verdadero estatus de los Wallis.

Habían tenido presiones corteses por su retraso en

pagar el colegio; era la única razón por la que ella había accedido a subastar más cosas. Y si conseguía resistir diez meses más, le diría a Emily lo más gentilmente que pudiera la verdad sobre su familia.

Una vez más había una pareja en su cama. El olor acre de sus excesos le daba ganas de vomitar. Bajó las escaleras descalza, sin hacer caso a los comentarios procaces de uno de los amigos de Matthew que estaba sentado en los escalones. Karin fue a buscar la llave que escondía en el vestíbulo y se dirigió a la biblioteca.

El único lugar que seguía siendo como lo dejara su abuelo.

Allí era donde escapaba ella, igual que había hecho de niña cuando era la casa de su abuelo y sus hermanos y ella pasaban a menudo el fin de semana allí. Emily estaba acostada, Matthew veía la televisión y su abuela preparaba la cena. Pero Karin adoraba la biblioteca, donde estaban a la vista los trofeos y medallas de su abuelo en el rugby y donde le gustaba escuchar las historias de sus días de gloria, lejos del caos de la casa.

Y después de la muerte de sus abuelos, cuando su familia se mudó allí, siguió buscando refugio en la biblioteca para perderse en un libro antes que afrontar la realidad de lo que había al otro lado de la puerta.

Según la prensa, había llevado una vida encantada, con su madre la perfecta mujer de sociedad, patrocinadora de muchas causas buenas y su padre un abogado respetable. Había llevado buena ropa y asistido a los mejores colegios. Pero había temido siempre los fines de semana.

Los fines de semana sus padres se «soltaban el pelo» y ella intentaba entretener a Emily y protegerla de los actos de los adultos.

Un fin de semana en el que Emily había ido a dor-

mir en casa de una de sus amigas, Karin había intentado integrarse en la diversión familiar. Con diecisiete
años, la habían impresionado los encantos de un actor
famoso, se había sentido muy avergonzada cuando él
le dirigió la palabra y había intentado pensar respuestas inteligentes y sofisticadas para impresionar a su
vez a aquel hombre de mediana edad.

Era un verano excepcionalmente cálido y Karin tenía mucho calor. Había oído la risa de su madre proce-
dente de la piscina y había salido de la casa con la esperanza de que el aire fresco de la noche le despejara
la cabeza.

Y entonces había visto a su madre en topless en la
piscina besando a otro hombre.

Karin se sintió escandalizada y furiosa con su madre, al tiempo que temerosa de que su padre la descu-
briera.

Y entonces lo vio a él.

Vio a su padre acariciando los pechos de otra mujer
mientras miraba a su esposa. Para Karin, fue como si
el cielo se derrumbara, una confirmación absoluta y
sin costuras de la depravación de su familia.

–¡Eh! –todavía podía oír la voz del actor cuando le
apoyó la cabeza en su pecho para taparle la visión–.
No pasa nada.

–¡Sí pasa! –quiso gritar ella.

Quiso correr hasta sus padres y sacar a su madre de
la piscina tirándole del pelo. Pero se dejó apartar de
allí, dejó que el actor la acompañara arriba y sólo entonces se dio cuenta de lo bebida que estaba. Las piernas no le respondían y la cabeza le daba vueltas... pero
a él no parecía importarle...

Karin no podía soportar pensar lo que había suce-
dido a continuación. En vez de eso, como siempre, hacía lo posible por mostrarse positiva. Si le quedaba al-

gún consuelo de aquella época, era pensar que, por una vez, había hecho valer su opinión. Ocho años mayor que su hermana, se había mostrado desesperada por proteger a Emily y había exigido a su madre que estudiara interna. No había sido una solución perfecta, claro, pues Emily a menudo había querido llevar a sus amigas a casa y Karin siempre había buscado una solución. Una invitación de vacaciones con los Wallis era algo que muchas niñas ansiaban, así que había habido Semanas Santas en Roma y playas en Francia en el verano, y hasta alguna Navidad en Suiza.

La vida parecía ser una fiesta continua para los Wallis.

La prensa se apresuró a señalar que Karin sólo parecía cobrar vida en las montañas nevadas, tras publicar una foto de ella sonriendo al lanzarse por una ladera.

Y era cierto. Lejos de Londres y del naufragio de su familia, era ella misma. Con Emily y las montañas blancas podía olvidar temporalmente todo lo demás. Allí, en las pistas, el miedo ocasional reemplazaba al miedo constante y era una sensación maravillosa.

Había sido una escapada.

Una escapada peligrosa en ocasiones, pero al menos había sido una escapada.

Igual que su noche con Xante.

Xante se esforzó todo lo que pudo por no pensar en ella a la mañana siguiente. Salió de la cama, se duchó, se vistió y bajó a desayunar y guardar de nuevo la rosa en la vitrina de cristal.

Estaba muerto de hambre, así que pensó en la carta en lugar de en ella.

Eligió bollos y café porque así era el desayuno

griego, aunque en realidad quería el desayuno completo inglés.

Y abrió el periódico con la intención de leer sobre los problemas del mundo, pero se encontró con el beso casto con el que había despedido a Karin. Le resultó irónico que, después de todo lo que había logrado en su vida, de todo el dinero que había recaudado la noche anterior y todas las mujeres famosas con las que había salido y se había acostado, fuera un simple beso a Karin Wallis lo que lo hubiera llevado a la página dos del periódico.

Hizo lo posible por no pensar en ella la semana siguiente. Y quizá lo habría conseguido de no ser porque varios miembros del equipo de rugby le preguntaron por su paradero y le dijeron lo encantadora que era. Sí, podría habérsela quitado de la cabeza si su secretaria no le hubiera llamado para comentarle una invitación muy exclusiva dirigida a la señorita Karin Wallis y a él y que exigía respuesta.

Y no podía responder sin ella.

Karin no llamó hasta el viernes siguiente.

—Tatsis al habla —dijo Xante.

Su secretaria le había dicho ya quién estaba en la línea, pero dejó que ella se presentara y conversara un momento con nerviosismo.

—Karin —la interrumpió al fin—. ¿Qué quieres?

—Bueno, sé que te gustan los recuerdos y he revisado el resto de las cosas de mi abuelo y…

—¿Vas a vender sus demás cosas? —preguntó él con incredulidad, aunque en realidad no le sorprendía mucho.

—No voy a venderlas —se apresuró a explicar ella—. Me preguntaba si te podría interesar un intercambio. Hay algunas cosas hermosas, cosas muy valiosas. Lo único que quiero yo es la rosa. He hablado con Matthew y, aunque tú la vendieras, él no tiene interés en comprarla y todo nuestro dinero está metido en un fideicomiso. Sin su consentimiento...

Xante levantó los ojos al cielo. Podía muy bien ahorrarse aquella historia lacrimógena, pero cuando la voz de ella se quebró, prestó atención.

–Xante, por favor, la necesito de verdad. El coordinador de la función en Twickenham me ha vuelto a recordar que debería llevarla. ¿Qué crees que pensarán si les digo que no la tengo?

–Que su familia no lo respetaba mucho –repuso él.

–Eso miso –ella lloraba ya sin ambages–. Hay trofeos, fotos; hay incluso un balón que ganó...

–Te recogeré a las once –la interrumpió él.

–¿Recogerme?

–Karin, no tengo intención de tomar parte en ningún intercambio –se miró las uñas de la mano que tenía libre–. Y tampoco tengo intención de vender mi rosa. No obstante, comprendo tu problema y no me voy a Grecia hasta el domingo, así que estaré encantado de acompañarte. No esperarás que te entregue sin más la rosa, ¿verdad?

Hubo una pausa larga, pero Xante se negó a llenarla; su oferta era final.

–Iré yo al hotel –repuso ella al fin–. Pero tenemos que salir a las diez y media. Necesito estar allí a las once.

–Tú puedes ir cuando quieras, Karin –declaró él con frialdad–. Yo no estoy libre hasta entonces.

La tuvo esperando hasta las once y diez.

A esa hora entró con calma en el vestíbulo donde ella esperaba sentada. Karin saltó como impulsada por un muelle cuando al fin lo vio aparecer.

Pero si estaba enfadada por su falta de puntualidad, no lo dio a entender. Lo besó en la mejilla y le dio las gracias cuando él le tendió la rosa. La mujer llorosa del día anterior en el teléfono había desaparecido. Vestida con un traje de chaqueta azul pálido, con el pelo rubio suelto brillante, llevaba un chaquetón a juego y unos zapatos grises de tacón de aguja realzaban sus espléndidas piernas. Parecía más vestida para una boda que para el rugby y se mostró todo el camino contenida, casi aburrida, respondiendo con monosílabos a los intentos de conversación de él en el coche. Si se hubiera tratado de otra persona, Xante habría parado el vehículo y le hubiera dicho que se bajara.

Casi le apetecía recordarle que iban en su coche de lujo, ella llevaba su rosa en la mano y su presencia la había salvado de aparecer en la función con las manos vacías; y ahora prácticamente lo ignoraba. Xante no podía soportar la obsesión inglesa con el dinero viejo frente al dinero nuevo. Conocía su valía y estaba orgulloso de sí mismo, orgulloso de su herencia y también de que, a diferencia de aquella belleza que se sentaba en el coche a su lado, él jamás se rebajaría a robar. A pesar de haberse criado pobre, sin que se lo dieran todo en bandeja de plata como a Karin, sabía divertirse.

Y era fácil divertirse. Mezclándose con los invitados y charlando de su pasión mutua mientras almorzaban. Xante encajaba bien, sobre todo llevando al lado el trofeo que suponía ella. Era la estimada Karin Wallis la que no podía relajarse, la que movía la comida en el plato sin apenas probarla. Se mostraba increíblemente educada, por supuesto, y técnicamente no hacía nada malo. Pero aunque honraban los logros de su abuelo y sus compañeros de quipo, su sonrisa cuando tomó el micrófono resultaba fría. Su discurso, aunque impecable, carecía de la pasión que Xante sabía que ocultaba bajo la superficie.

Sólo al final del discurso vaciló, y sólo entonces sintió él que era la verdadera Karin Wallis la que hablaba.

—Mi abuelo vivió su vida igual que jugó el deporte que tanto amaba, con pasión, estilo y dignidad. No voy a distorsionar su memoria y decir que habría reaccionado con humildad ante esta celebración; ése no era el estilo de mi abuelo. Él habría disfrutado de este día, le habría encantado ser aplaudido una vez más en el estadio al que consideraba su hogar.

Regresó a su asiento entre aplausos, aplausos que Xante comprendió que eran sólo por su abuelo. Por un segundo sintió que la entendía, que había entrevisto la presión de vivir a la altura de la gloria que rodeaba el apellido Wallis. Y cuando le tomó la mano, se la apretó y le dijo que había estado bien, hablaba en serio.

—Gracias.

Ella retiró la mano y miró fijamente al frente y Xante guardó silencio porque otra leyenda del rugby tomaba ya el micrófono.

—Señorita Wallis —dijo un hombre con discreción cuando terminaron los discursos—. Ahora vamos a proceder al desfile.

—¿Desfile?

Xante frunció el ceño, pero se levantó al ver que lo hacía ella y los guiaron a través del laberinto de pasillos debajo de las gradas. Xante estaba sorprendido, pero intentó no mostrarlo cuando los alinearon con las viejas glorias y sus seres queridos o con las familias de aquéllos que ya no vivían.

El túnel estaba frío y húmedo mientras esperaban el turno de Karin. A Xante le pareció terriblemente sola.

–¿El señor Tatsis caminará con usted? –preguntó uno de los organizadores.

–No. Iré sola.

La cola se movía. Anunciaban una a una las grandes leyendas. Xante nunca se había sentido más tonto que al pensar que la había hecho esperar en el vestíbulo del hotel por no saber lo importante que era ese día para ella, y por haber llegado a considerar dejarla ir allí sin la rosa.

–No sabía lo importante que era este día –carraspeó.

–¿Por qué crees que te llamé?

Él vio un brillo de lágrimas en sus ojos y optó por no tomárselo personalmente; podía ver lo mucho que le costaba a ella controlarse a medida que avanzaba la cola.

–Todo irá bien –dijo.

Lo cual sólo sirvió para confundirla aún más.

¿Por qué narices tenía que ser tan amable de pronto? Karin sabía que era injusta con él, pero era el único modo que encontraba de no derrumbarse. Él no sabía lo que le había costado llamarlo, humillarse de ese modo ante él. Le había llorado por teléfono, ella que nunca había llorado a nadie. Con Xante parecía tener el mismo control de los impulsos que un niño de dos años. Estaba congelada; el chaquetón de diseño que no podía permitirse no ofrecía una gran barrera contra el viento y le daba náuseas la idea de salir de allí, afrontar los aplausos y preguntarse qué pensaría la multitud si supiera la verdad.

Uno por uno iban pronunciando los nombres de los grandes jugadores y ellos o sus seres queridos salían entre rugidos de la multitud. Imágenes en blanco y negro de sus días de gloria llenaban las grandes pantallas que rodeaban el estadio; y por fin le llegó el turno a Karin.

Cuando anunciaron a su abuelo, la multitud rugió y empezó a gritar su nombre. Xante la vio vacilar. Por un segundo habría jurado que ella estaba a punto de dar media vuelta y salir corriendo.

–Lo harás muy bien.

La atrajo un instante hacia sí y la besó en la cabeza. Como un padre besando a su hijo en su primer día de escuela, la empujó levemente hacia delante y cuando salió ante la multitud, para él fue como ver a Jonás tragado por la ballena. Nunca había visto a nadie tan vulnerable ni tan sola y, aunque ella sonreía y saludaba a la multitud agitando el brazo, él sabía que sangraba por dentro.

Lo que no entendía era por qué le preocupaba tanto eso.

–Karin…

El espectáculo anterior al partido había terminado hacía rato y estaban sentados en las gradas. El partido estaba en marcha y ella seguía sin apenas hablarle.

–Sé que lo de hoy es duro para ti.

–¿Lo sabes? –se burló ella.

Tenía que ser cruel con él porque, de otro modo, se acurrucaría en sus brazos y lloraría. Tenía que controlarse sólo un poco más, porque había muchas razones por las que no podía desmoronarse.

–Tú jamás podrás saber lo que significa hoy.

Fue un partido brillante, digno de las leyendas a las que honraba. Inglaterra salió victoriosa. Pero su cita, si es que podía llamarse así, no tuvo nada de brillante. Xante se quedó con ella hasta el final y cuando todo acabó y ella declinó su oferta de volver al hotel, él despidió al chófer y la llevó personalmente a su casa.

Cuando el coche entró en el camino de grava de la mansión, Karin empezó a buscar su bolso. Por un momento, Xante pensó que le iba a dar una propina, pero ella simplemente buscaba las llaves.

—Gracias —sonrió tensa.

Miró la casa, la luz que se filtraba por las cortinas de las ventanas de abajo. Sabía lo que había detrás de ellas y no quería entrar, sólo quería decirle a Xante que siguiera conduciendo, quería escapar.

Él la observó debatir en su interior si debía invitarlo a entrar y se preguntó por qué daba tanta importancia a tomar una taza de café. Ella miraba al frente, sin salir todavía, con el perfil rígido, y siguió sentada incluso cuando él apagó el motor.

—¿Me vas a invitar a entrar?

—No.

—¿Y por qué no sales?

—No me has abierto la puerta —era una respuesta estúpida, esnob, cursi y llena de todo lo que ella no sentía, pero lo dijo igualmente.

—Permíteme —musitó Xante.

Se inclinó, le desabrochó el cinturón y la sintió encogerse y clavarse al asiento, pero siguió sin hacer ademán de salir. Él sabía que lo deseaba; lo sentía, lo olía, lo saboreaba, y sabía que su cabeza se debatía en ese momento con todas las demás células de su cuerpo. ¿Pero qué la detenía?

Se inclinó más hacia ella y abrió la puerta. Un golpe de aire frío no hizo nada por reducir el calor entre ellos. El pelo de él rozaba el rostro de ella; sus cuerpos estaban en contacto. Él se fue apartando lentamente. Karin contuvo el aliento y casi pudo sentir que el suelo cedía bajo ella; sintió el deseo de caer, de ceder. Él no había regresado a su asiento; tenía el rostro vuelto hacia ella y sólo los separaba un aliento.

—Buenas noches, Karin —dijo con calma, sosteniéndole la mirada.

Ella estaba inmersa en un conflicto. La puerta estaba abierta y podía marcharse fácilmente; quería que aquel día horrible terminara para salir de allí y no tener que volver a verlos nunca ni a él ni su dinero vulgar. Pero no conseguía moverse del asiento.

–¿Por qué lo niegas tanto, Karin?

–¿Negar qué?

–Esto.

Él la besó en los labios, pero ella rehusó ceder al beso, rehusó moverse.

–¿Por qué? –preguntó él, tras apartarse sólo un poco–. ¿Por qué negar algo tan agradable?

Volvió a besarla, pero ahora con menos gentileza, separando con la lengua los labios de ella. Era agradable, suave, un contacto infinitamente mejor que ninguno de los que había experimentado antes. Karin saboreaba en el beso whisky y pasión, pero sobre todo saboreaba la escapada que prometían los labios de él, labios que calmaban e inflamaban, labios que se endurecían. Y cuando lo besó a su vez, fue como encender un interruptor. La oleada de energía reprimida mientras la boca de él devoraba la suya la apretaba contra el asiento y recibía encantada su peso y su fuerza.

Xante sabía besar muy bien; besaba con aparente facilidad en el momento adecuado y con la perfección y la pericia de un mago. Pero aquella vez no.

Aquél era un beso que él no conocía. Allí no había truco ni plan maestro ni voz en la cabeza, sólo la dulce sensación del cuerpo de ella bajo el suyo.

Y cuando ella abrió los labios y sus lenguas se encontraron, el contacto fue tan inesperado que la sintió temblar. Sus brazos, que hasta entonces colgaban a los costados, la estrecharon y, aunque quería profundizar el beso, se contuvo, sabiendo a algún nivel que, si se movía demasiado deprisa demasiado pronto, ella desaparecería para siempre.

Sólo que ahora ella quería quedarse y besarlo para siempre, porque, por primera vez, ella olvidó.

Estaba completamente perdida en su beso y la sensación era maravillosa.

Él le acariciaba los brazos y seguía besándola. Sus dedos rozaron los pezones a través del chaquetón. Ella los quería allí, pero no quería que se deslizaran dentro, no quería que tocara las cicatrices de debajo. Al igual que la casa que tenía detrás, el exterior traicionaba lo que había dentro.

Lo abrazó con fuerza, ansiosa ahora por su contacto, no sus besos. Él la besó en el cuello mientras le acariciaba un pecho. Ella sintió la otra mano juguetear con los botones de la blusa y la necesidad de su contacto era tan extrema que por un segundo olvidó... olvidó... Era un paraíso sentir la mano deslizarse dentro de la blusa, un paraíso apoyar el peso de su tierno pecho en la palma cálida, un paraíso hasta que se acordó. Agarró la mano de él con fuerza, atónita por la reacción de su cuerpo, y negó a Xante más acceso a su cuerpo. Apartó la vista avergonzada; apenas podía creer lo que había ocurrido.

—¿Todavía negándolo? —había un brillo de triunfo en los ojos de él, una mirada que expresaba que sabía.

—No hay nada que negar —ella sonrió con condescendencia, intentando fingir que había sido sólo un beso... excepto que había sido mucho más—. Tengo que entrar. Gracias por tu ayuda de hoy.

—¿O sea que ahora estoy despedido?

—Xante —ella suspiró con irritación en un esfuerzo por reafirmar su control—. Estoy cansada. Ha sido un día largo. Gracias por haberme acompañado al partido y por haberme dejado usar la rosa.

–La próxima vez… –empezó a decir él; pero Karin lo interrumpió.

–No habrá una próxima vez –declaró, porque tenía que hacerlo. Porque se había prometido no revelar el secreto de su familia en diez meses más. Pero con Xante sentado tan cerca había estado a punto de hacer justamente eso. Era imperativo que acabara aquello de una vez por todas.

–La próxima vez más vale que tengas una copia de la rosa –terminó él sin interrupciones–. Una falsificación plausible, una que aguante algo mejor que su dueña un escrutinio de cerca.

–Gracias de nuevo por tu compañía –Karin salió del coche, desesperada por alejarse de aquel hombre que podía ver dentro de ella.

Él la agarró por la muñeca antes de que se alejara.

–Cuando te conocí, pensé que eras una reina de hielo estirada. Pero ahora… –le soltó la muñeca–. Ahora sé que lo eres.

Capítulo 5

NO PODÍA entrar.

Cuando el coche de él se alejó por el camino, ella apoyó la cabeza en la pesada puerta y no pudo decidirse a entrar y afrontar el caos que era su vida.

Deseaba a Xante.

Lo había deseado todo el día, ¿pero cómo podía tenerlo?

¿Cómo exponerlo al desastre que era su hogar? ¿Cómo revelar que aquella grandeza aparente era un engaño? ¿Cómo revelarse a él?

También quería hablar con su abuelo.

Quería que alguien le dijera lo que tenía que hacer, que alguien la ayudara a salir de aquel caos para que pudiera ver el camino que debía tomar.

Era más fácil entrar en su coche que afrontarlo, y, como si fuera en piloto automático, el coche la llevó de vuelta al lugar en el que acababa de estar. Las calles estaban ahora oscuras y Karin llevaba los faros encendidos, pero el coche seguía casi solo el camino familiar que tantas veces había hecho su abuelo en el pasado. No sabía lo que haría cuando llegara allí, pero la consolaba recorrer aquellas calles.

Cuando entró en el ya casi desierto aparcamiento y habló con uno de los del equipo de limpieza, que la reconoció y la dejó pasar, fue casi como si su abuelo estuviera a su lado. Se sentó en las gradas vacías y frías e intentó pensar lo que debía hacer.

Las gradas estaban iluminadas; un ejército de limpiadores se movía entre ellas, recogiendo la basura, llevando la limpieza al estadio.

Nunca había deseado tanto escapar de su vida; alejarse de allí porque todo era inútil.

–Cuando creas que es inútil, lo será –le había dicho su abuelo una vez.

Ella era entonces una niña de cuatro o cinco años, pero su abuelo le había contado luego tantas veces la historia, que ya no sabía si recordaba el día o sólo lo que le había contado su abuelo.

Inglaterra iba perdiendo. Habían perdido quince partidos de veintitrés y estaban en la segunda mitad contra Irlanda cero a tres. Entonces la multitud había empezado a cantar *Swing Low Sweet Chariot* para alentar a su equipo e Inglaterra se había vuelto imparable y acabado ganando el partido por treinta y cinco a tres.

Pero ella ya no tenía a nadie que la alentara, sólo tenía el peso de todo hundiéndola.

Díselo a Xante.

Casi podía oír la voz de su abuelo, e incluso consiguió sonreír al oír en sus labios un nombre tan exótico.

No podía. Por muchas veces que ensayara la conversación, no dejaba de imaginar aquellos ojos negros achicándose, juzgando…

Tengo una cicatriz… de un accidente de tráfico.

¿Y luego qué?

Me detuvieron por conducir borracha, pero retiraron los cargos.

Oh, ¿y eso por qué, Karin?

No podía contar una parte sin revelar la otra, pues, igual que semillas cancerígenas, las partes se extendían por su pasado y el pasado de otros, ¿Y qué punto contaba? ¿En qué punto paraba?

En ninguno.

Se llevó una mano a la frente.

Contarle algo implicaba contárselo todo, y eso ya lo había intentado una vez.

Se encogió al recordarlo, se dobló en el asiento y enterró la cabeza en las manos. Casi vomitó al recordar sus intentos por hacer el amor con David. David, que había exigido la verdad y había reaccionado con furia cuando ella se la había contado. David, que había intentado reprimir una mueca cuando ella le había enseñado las cicatrices y había prometido que no cambiarían nada entre ellos. Había jurado que nada cambiaría lo que sentía por ella y al decirlo parecía creíble; pero su cuerpo le había fallado y la había humillado.

Había sido incapaz de responder una y otra vez.

—No eres tú —le había asegurado.

Pero Karin sabía que sí lo era.

—Vamos a cerrar, querida —le dijo un encargado.

Karin dio las gracias y se dirigió a su coche, arrancó el motor y permaneció un momento sentada intentando ver aquello por el lado bueno, porque, al parecer, siempre había un lado bueno.

Al menos David no había hablado con la prensa. No había nada como un brote de impotencia para asegurarse de que un hombre no vendiera su historia.

Consiguió sonreír al pasar delante de los pubs a los que la había llevado su abuelo a comer muchos domingos, sabedora de que él velaba por ella.

Xante tampoco tenía una buena noche.

Cierto que él no se congelaba en las gradas vacías de Twickenham. Pero el bar de su hotel, con el equipo inglés preguntándole por Karin e invitándolo a unirse a ellos no le ofrecía mucho consuelo. Estaba nervioso, enfadado y frustrado y subió a su suite, donde se dedicó a pasear y pensar qué distracción podía encajar con su estado anímico.

Había muchas mujeres a las que podía llamar. Mandy le había dejado cuatro mensajes en el buzón de voz y había muchas otras. Hasta Athena lo había llamado, y el sonido de la voz de su ex prometida había servido para recordarle que hacía bien en desconfiar de Karin.

—Estoy deseando verte mañana, Xante —había dicho Athena—. Y recordar viejos tiempo. Los buenos momentos que pasamos juntos.

—¿Qué buenos momentos, Athena? —musitó él—. Tú mentías, ¿recuerdas?

Cinco años después, todavía lo indignaba aquello.

Había salido con la dulce Athena un invierno cuando ambos eran adolescentes. Le había quitado la virginidad que ella tanto deseaba perder y habían intimado mucho. Pero cuando llegó la primavera, ella se aburrió de los grandes planes empresariales de Xante, que le ocupaban la mayor parte del tiempo, y empezó a mostrarse crítica cuando él le hablaba de sus sueños. Athena había sido lo bastante inocente para pensar que todos los amantes futuros serían tan diestros como el hombre que la había poseído primero y se había marchado a buscar un hombre que ya hubiera triunfado.

Años después Xante había coincidido con ella en uno de sus regresos a casa. Por supuesto, él se había cuidado mucho de contarle que estaba a punto de ingresar en las filas de los asquerosamente ricos. Ni siquiera su familia sabía entonces lo que estaba a punto de lograr aquel muchacho de veinticinco años. De hecho, cuando hicieron el amor aquella noche en el suelo de la sala de estar de los padres de ella y ella lloró en sus brazos y le contó lo mucho que lo había echado de menos y que en todos los años pasados nadie había podido compararse con él, a Xante le había resultado fácil creerse enamorado.

¡Qué cerca había estado ella de engañarlo!

Y cinco años después, persistía aún aquello.

La vergüenza, la rabia y la humillación de una boda suspendida una semana antes de la fecha parecían disminuir y en los últimos meses ella había llamado cada vez más. Normalmente por la noche. A veces le suplicaba otra oportunidad, otras veces se mostraba amargada y burlona y otras, como esa noche, intentaba mostrarse seductora.

Tan frustrado se sentía Xante que había llegado a considerar aquella solución, pero un alivio pasajero en su lengua nativa podía crearle más problemas que soluciones.

—Athena, esto tiene que acabarse —había oído el silencio al otro lado de la línea—. Ha sido un día largo y tengo que madrugar mañana.

—¿Un día ajetreado con tu rosa inglesa? —el veneno había reemplazado entonces el tono seductor de ella—. He leído algo en la prensa y os he visto juntos en el partido por la tele. Ella no parece estar a tu altura, Xante.

—¿Todavía me sigues la pista? Yo pensaba que ya habrías aprendido la lección.

—¿No crees que ya he pagado mi error? Por favor, Xante, mañana estarás en casa, mañana…

Él había colgado el teléfono entonces.

Al día siguiente todos esperarían que Xante comprendiera su error, regresara a la isla y a la gente a la que pertenecía y reclamara a Athena como suya… para restaurar su honor.

Pero él no tenía intención de hacer eso. No tenía

motivos para sentirse culpable ni en lo referente a Athena ni en lo referente a Karin. Se había comportado con honor; había comprado la rosa de un modo limpio y se la había prestado ese día sólo para que ella lo tratara como a un lacayo.

¿Por qué, entonces, se sentía culpable?

Xante a menudo regalaba sus adquisiciones, o las devolvía a sus legítimos dueños que se habían visto obligados a venderlas por dinero. Entonces, ¿qué había distinto allí?

Ella.

Lo había irritado, inflamado y luego se había alejado. Karin Wallis era la única mujer que había hecho que se sintiera utilizado.

Pero ya no más.

Xante no era ningún rescatador. No necesitaba los problemas de ella, pero la deseaba. Puertas que antes estaban cerradas para él empezaban a abrirse. Esa semana lo habían invitado a comer a un club exclusivo y después le habían ofrecido hacerse socio. Su supuesta aventura con Karin Wallis había hecho subir aún más su estatus y Xante quería más de lo mismo.

Tomó el teléfono a pesar de lo avanzado de la hora, comunicó a su secretaria el cambio de planes y llamó a su chófer.

El teléfono sonó cuando el coche estaba ya en marcha.

–Necesito el nombre del pasajero para sacar el billete.

–Karin Wallis –Xante cerró el móvil y se lo guardó en la chaqueta. Tocó la caja pesada en el interior del bolsillo.

No tenía ninguna duda de que ella iría. Después

de todo, él tenía algo que ella quería desesperadamente.

Y Karin también tenía algo que él quería.

Cuando llegó a casa, Karin estaba agotada y esa
vez consiguió entrar.

La casa estaba llena con los ocupantes habituales y
ella fue directamente a la biblioteca, demasiado cansada para hacer un fuego pero demasiado congelada
para no hacerlo.

¡Oh, cómo deseaba a Xante!

Unas lágrimas amargas bajaron por sus mejillas, lágrimas de vergüenza por lo que él debía pensar de ella.
Lo había tratado de un modo terrible, se había mostrado como la reina del hielo mimada que él la acusaba
de ser; pero mejor eso que dejar que se acercara mucho.

Vio la licorera de cristal en la mesa, levantó la tapa,
olió el whisky y recordó el sabor delicioso de Xante.
Su cuerpo había cobrado vida por unos momentos; por
primera vez desde los diecisiete años había vuelto a
sentirse hermosa y había podido olvidar.

El fuego era todavía demasiado débil para calentar,
pues las llamas apenas lamían los troncos y ella estaba
de pie temblorosa, calentada sólo por el recuerdo de su
beso.

Y quería volver a probarlo.

Se sirvió un vaso de whisky, dio un trago y arrugó
la cara como si fuera medicina. Pero valía la pena para
recordar el sabor de él y la sensación maravillosa de su
boca en la de ella. Igual que el whisky ardía y la calentaba, así la calentaba también el recuerdo del cuerpo
de él.

–¡Karin! –su hermano golpeó la puerta.

Ella reaccionó con irritación. ¿Por qué demonios no podían dejarla en paz?

–¿Qué? –abrió la puerta, furiosa.

–¿Te estás uniendo a la fiesta? –Matthew enarcó las cejas al ver a su hermana con una copa en la mano–. Tienes visita.

Señaló el pasillo con la cabeza y ella siguió su gesto con la mirada y se le paró el corazón. Allí, en medio del caos, estaba Xante. El desprecio de su mirada resultaba palpable. Sus ojos negros miraron a su alrededor y acabaron por posarse en ella.

–¡Xante! No te esperaba…

–Claramente.

Ella le daba asco.

Estaba rodeada de suciedad, con el traje elegante arrugado y la cara sucia por el maquillaje viejo, con un vaso de whisky en la mano. Y cualquier rastro de culpabilidad que él pudiera haber sentido se desvaneció en el acto. Ese tipo de sentimientos eran un desperdicio con ella.

Ella no merecía sus sentimientos.

Karin lo introdujo en la biblioteca. Al menos allí se podía ver la alfombra y el aire no apestaba a humo.

Observó que parpadeaba rápidamente cuando vio la caja que él tenía en la mano. Sin duda parpadeaba para calcular mejor el dinero que le supondría. Xante no podía creer que le importara de verdad su abuelo. Aquello era sólo un juego para ella, un medio para un fin, una cinta transportadora interminable de dinero que se iba frenando lentamente.

–¿Quieres beber algo?

Era una pregunta estúpida y Karin supo enseguida cuál iba a ser la respuesta.

–No, gracias. Pero tú sigue.

Ella empezaba a desmoronarse y eso lo enfureció aún más. Estaba harto de sus lágrimas, harto de sus mentiras y harto de sus juegos.

—Yo sólo quería saborearte otra vez.

—*Komotakia* –él le agarró la muñeca y la decepción hizo que la azotara con la lengua–. Eres una asquerosa embustera.

—Sólo es una fiesta…

Los ojos de ella se llenaron de lágrimas. A pesar de las pruebas irrefutables, seguía intentando aferrarse al gran apellido Wallis. Intentando, como cuando era niña, fingir que aquello era normal.

Él miró su rostro hermoso y deseó abofetearlo, deseó besarlo. Olía el whisky en su aliento y estaba terriblemente decepcionado por sus mentiras. La aborrecía por no ser todo lo que podía ser y se aborrecía a sí mismo por seguir deseándola.

Sí. La deseaba.

La quería lejos de aquel desastre. Quería que regresara la belleza fría que había entrado en su vida. Sabía que lo mejor sería marcharse, darle su rosa y lavarse las manos de ella. Pero no le daría esa satisfacción.

En vez de eso, llevaría del brazo a aquella belleza que abría y cerraba puertas y sería la atracción de Londres aunque tuviera que limpiarla personalmente.

Y la tendría… la tendría entera.

¿No deseaba tanto la rosa? Pues que se la ganara. Ya era hora de acabar con la obsesión de Athena y de la isla a la que algún día volvería con ella. Ahora podía acabar con eso asistiendo al bautizo familiar con aquella rosa inglesa. Una sonrisa sombría entreabrió sus labios al pensar en su recompensa.

—Ven –ordenó–. Te vienes conmigo.

—¿Contigo?

—Te vienes conmigo a Grecia ahora mismo.

–Oh, ¿ahora quieres que esta mentirosa conozca a tu familia?

–Para ellos serás una dama –la expresión de Xante era tan dura como el granito–. Aunque tenga que meterte en la bañera y lavarte personalmente o llenarte de café para serenarte, serás por el día la dama que finges ser y por la noche la mujer que ahora ya los dos sabemos que eres.

Ella lo abofeteó entonces, pero Xante no se inmutó.

–Busca tu pasaporte –miró la foto de ella que había sobre la chimenea–. Seguro que lo tienes al día con todos esos viajes a esquiar que haces.

–Tú no puedes darme órdenes, no eres mi dueño. Te crees que tu dinero te puede comprar todo… –estaba furiosa y dolida, y quería que él participara de su dolor–. Pues no es así.

–Oh, pues yo creo que sí. Mira, Karin, todo el mundo tiene un precio, y yo tengo algo que tú quieres.

Abrió la caja que sostenía y ella miró su adorada rosa, el futuro de Emily. Estaba casi a su alcance, quizá por última vez. La suma enorme que Xante había pagado por ella, la misma que Matthew había dilapidado rápidamente, significaba que ella jamás podría volver a comprarla.

–¿Tú me la darías?

–Tendrías que ganártela –repuso él–. Hasta el último penique. En mi cama.

–Eso es chantaje.

–Lo dice la ladrona –replicó él–. Tienes razón. Me gustan las cosas buenas, pero a diferencia de ti, yo me puedo permitir comprarlas, y te puedo comprar a ti –le levantó la barbilla y la miró con desprecio–. No habrá más juegos, Karin.

–Puede que te acuestes conmigo, Xante, pero no me tendrás nunca –le escupió ella–. Puede que comparta tu cama, pero no olvides jamás que estás pagando por ello igual que si te sientas con el equipo inglés de rugby es porque pagas el placer de su amistad.

Vio que en la mejilla de él se movía un músculo y supo que sus palabras hacían daño. Le sentó bien humillarlo como acababa de humillarla a ella.

—Tú llenas tus paredes con los logros de otras personas, pero no son tus logros.

Xante no estaba dispuesto a discutir después de haber tomado ya una decisión.

—Vamos, toma tu pasaporte y tus zapatos. Mi chófer espera.

El infierno estaba tanto dentro como fuera de allí, pero cuando Karin abrió la puerta de la biblioteca y oyó los sonidos de la casa, supo que no podía seguir viviendo así ni un minuto más. Aunque Xante la estuviera chantajeando, unas cuantas noches en su cama serían mejores que pasarlas temblando de terror en el sofá.

Y el futuro de Emily quedaría asegurado.

Mejor lo malo desconocido que lo bueno terrible. Asintió con la cabeza, abrió el cajón del escritorio y sacó el pasaporte antes de ponerse los zapatos.

—Voy a guardar...

Pero Xante no esperó más. La tomó por la muñeca y tiró de ella al exterior.

Aunque volver a estar con él la ponía nerviosa, cuando la puerta se cerró tras ellos, sintió alivio. Allí de pie en los escalones de piedra, la invadió la euforia al saber que no tendría que permanecer en la casa aquella noche. Se apoyó en la puerta para recuperar el aliento, cerró los ojos y sintió el aire frío en la cara. Intentaba no pensar en lo que la esperaba, sentir sólo el alivio de lo que dejaba atrás. Quería escapar, quería estar con Xante y, sí, también quería la rosa. Pero cuando él la apretó contra la puerta, empezó a comprender lo que había accedido a hacer.

El beso le recordó el poder del hombre con el que pasaría los días siguientes. Su barbilla era dura y sin afeitar y le raspaba la pie. Pero apenas se dio cuenta cuando él se acercó más y su virilidad le recordó sin gentileza lo que llegaría luego. En sus brazos, con su boca en la de ella, olvidó tener miedo y le devolvió el beso sin vacilar. Cuando él apartó la cabeza, sus ojos estaban oscuros de lujuria y su boca húmeda por el beso. Y ella deseó volver a besarlo, pero él le dio una última oportunidad de cambiar de idea.

—Esto es para que queden claros los términos.

Y para vergüenza suya, Karin asintió con la cabeza.

Capítulo 6

EL MUNDO de Xante seguía sin problemas. Por supuesto, su secretaria personal estaba detrás, esforzándose porque todo saliera bien. Pero en menos de una hora, las luces de Londres se extendían bajo ellos y Karin empezaba a asimilar lo que se había comprometido a hacer.

A pesar de haberse criado en una familia supuestamente privilegiada, no estaba acostumbrada al lujo de la existencia de Xante y los asientos de piel color crema de su avión privado no hicieron nada por tranquilizarla. Era demasiado consciente del hombre que se sentaba a su lado, aparentemente cómodo, con las piernas estiradas y charlando por el móvil. Su aspecto engañosamente tranquilo nunca había resultado tan sobrecogedor, y la sensación de euforia de ella empezaba a decaer.

Aquel playboy rico, que estaba acostumbrado a acostarse con las mujeres más elegantes, sofisticadas y experimentadas, pensaba que ella era una de ellas. Pero ella no tenía ases escondidos en la manga; toda su experiencia sexual se podía resumir en una palabra: cero.

Respiró hondo y se dijo que quizá no tendría que llegar hasta el final. Tal vez cuando Xante viera la cicatriz, le entregara la rosa y la enviara de vuelta a casa.

Pero ese pensamiento no le supuso ningún consuelo.

Él seguía hablando por teléfono. Karin sabía que hablaba de ella, pero no tenía ni idea de a quién ni por qué. Ella miraba por la ventanilla y vio que las luces iban dando paso a la oscuridad del Canal de la Mancha; el avión subió a más altitud y a ella se le aceleró el corazón.

Les ofrecieron champán y comida y Karin declinó ambas cosas. Le dolían los ojos de llorar mucho y dormir poco. Pero aunque Xante y ella estaban casi tumbados y las luces de la cabina en penumbra, no pudo descansar ni siquiera cuando una auxiliar de vuelo atenta le echó una manta suave por encima. Al parecer, Xante estaba habituado a dormir siempre que se lo permitía su agenda repleta y Karin tuvo oportunidad de observarlo de cerca mientras dormía.

Era muy hermoso.

No se relajaba por completo ni cuando estaba dormido. Tenía la boca cerrada y una mueca en el rostro, como si fuera a abrir un ojo en cualquier momento y estirar la mano para agarrarle la muñeca.

Era como yacer al lado de un tigre hambriento.

Aunque era invierno, el aire de la noche resultaba cálido cuando ella salió del avión.

—Aquí nunca hace mucho frío —le explicó Xante—, pero esto es mucho calor para esta época del año. Sería agradable que siguiera así durante el bautizo.

Había un coche de lujo esperándolos con un chófer y Xante habló con los funcionarios del aeropuerto mientras cargaban su maleta. Poco después estaban en camino.

—¿Aquí es donde vives?

—No —Xante adelantó su reloj dos horas y se dio cuenta de que pronto amanecería—. Mi familia está en otra isla cercana. Aquí –Xante sonrió un instante– es donde te prepararé para conocerlos.

–¿Me prepararás?

–Karin, si esto fuera una relación seria, si fueras la mujer a la que he elegido para presentar a mi familia, bueno… –la miró y frunció el ceño, pero no terminó la frase.

–Yo no voy por casa maquillada y con traje de noche, Xante; y no he tenido tiempo de hacer las maletas y prepararme para un fin de semana romántico en Grecia.

–Y por eso estamos aquí –dijo él–. Para prepararte. Nos quedaremos en un hotel lujoso, con spa y tratamientos de belleza.

Su desprecio le hacía daño.

Era dolorosamente consciente de que no estaba a la altura de las expectativas de él a ningún nivel.

–Necesitaré comprar cosas. ¿Las tiendas abren los domingos?

–Ya está todo arreglado.

Y como de momento vivía en el mundo de él, Karin comprendió que sería verdad.

El hotel era precioso; no como en el que había estado esa mañana, pero espectacular de todos modos. Era más moderno, con cristal por todas partes, y cuando entró en el vestíbulo, empezó a entender por fin hasta qué punto era rico aquel hombre. Una vitrina situada en un lugar prominente exhibía medallas olímpicas y un balón de fútbol. Aunque era distinto al hotel de Twickenham, la huella de Xante resultaba evidente.

–¿Este hotel también es tuyo?

–Por supuesto. Yo compro amigos por todo el mundo.

Karin sintió una punzada de remordimientos. Las palabras crueles que le había lanzado a la cara durante su pelea habían sido para defenderse de su desprecio.

Xante no necesitaba comprar amigos; era un hombre amable y su compañía resultaba muy agradable. Pero el vestíbulo del hotel no era el mejor lugar para arreglar malentendidos. Caminó con él hasta Recepción y se sintió como una vagabunda al lado de la hermosa recepcionista, que se ruborizó un poco y agitó su pelo brillante al acercarse Xante. Karin notó su curiosidad y también su desaprobación cuando le preguntó en un inglés excelente si quería usar el spa por la mañana y le tendió un catálogo de tratamientos que ella rehusó.

–¿Quizá un masaje para relajarte? –sugirió Xante–. Pueden venir a la villa.

Desnudarse sería lo último que relajaría a Karin, que volvió a negar con la cabeza, para irritación de Xante.

–¿No podrías fingir al menos que lo pasas bien? –le preguntó cuando salieron del hotel principal.

El camino estaba iluminado, como también las fuentes, y dondequiera que ella mirara había agua, ya fuera en el océano negro delante de ellos o en los estanques rectangulares con fuentes cuyo sonido rompía el aire de la noche.

–Parece que hayas venido a un funeral –continuó él.

–No temas –repuso ella entre dientes–. Seré encantadora cuando sea necesario.

–Ya es necesario. Estas personas trabajan para mí.

Karin estaba casi segura de que la recepcionista había hecho ya algunas horas extra. Había visto la mirada de propietaria que había lanzado a Xante.

–Es aquí –habían llegado a un edificio grande encalado en blanco.

El vestíbulo y los jardines no eran lo único que resultaba espectacular. Cuando Xante abrió la puerta de la villa y dio la luz, Karin tardó un momento en asimilar lo que veían sus cansados ojos.

¡Había una piscina en la habitación!

No era un spa sino una larga piscina rectangular que salía a una terraza privada. En el otro extremo de la habitación había una cama grande de madera de olivo cubierta con una tela fina que se movía con la brisa. Miró a la derecha, en dirección al océano; todo ese lado de la estancia había quedado abierto para mostrar toda su gloria. Había sofás blancos blandos por todas partes, las paredes estaban pintadas de un tono azul fuerte y el efecto resultaba asombroso. Si el motivo de su presencia allí hubiera sido otro, aquel retiro lujoso habría supuesto una bendición.

—Es la villa de luna de miel —le explicó Xante, y a ella le dio un vuelco el corazón—. Tiene acceso exclusivo a una cala privada. Ven, te la mostraré.

—¿Ahora? —parpadeó Karin; pero él salía ya de la estancia.

—Hemos estado encerrados en el avión; será agradable recibir aire fresco.

Karin no sabía de dónde sacaba él tanta energía. Ella llevaba casi veinticuatro horas sin dormir y se marchitaba como un jacinto que hubieran segado junto con la hierba. Y Xante, que sólo había dormido dos o tres horas como máximo, parecía fresco y vigoroso como si acabara de despertar de ocho horas de sueño.

Aun así, la playa era hermosa. Faltaba todavía más de una hora para el amanecer y el sol empezaba a asomarse por el horizonte. Las estrellas se apagaban una por una, como si se retiraran sus dueños, y el cielo negro comenzaba a volverse azul oscuro. Karin se quitó los zapatos y sintió la suavidad de la arena bajo los pies y el aire refrescándola al acercarse al borde del agua. Xante no se molestó en subirse los pantalones, sino que se metió en el agua y ella hizo lo mismo. El agua estaba helada, las olas a veces llegaban hasta la

pantorrilla, pero la sensación era deliciosa y, sí, vigori-
zante.

–La mayoría de los turistas se marchan al final del
verano; el sol no es lo bastante cálido para broncearlos
y consideran que el mar está demasiado frío para nadar
en él. Pero yo creo que ésta es la mejor época para venir.

–Pero no podrías nadar ahora –Karin temblaba sólo
con pisar el agua, pero Xante le lanzó una mirada extraña.

–Yo nado en el mar todas las mañanas cuando estoy aquí.

–¡Oh!

–Crecí al lado del agua; era nuestro parque de juegos todo el año –rió Xante–. Cuando estás dentro, te
acostumbras.

–Seguro que amas esto.

–No –repuso Xante–. Vengo a Grecia porque es
donde vive mi madre.

–Pero es hermosa.

–Yo no he dicho que no lo sea –él se encogió de
hombros–. Pero vivir aquí, venir aquí… La isla donde
vive mi familia es más pequeña –hizo una pausa–. Me
siento como encerrado; todo el mundo sabe lo que haces. Te hacen sentir…

–¿Agobiado? –preguntó ella, caminando a su lado
por el agua.

–Exactamente. Sí. Yo era muy inteligente –lo dijo
sin pretensiones, simplemente estableciendo un hecho–. Mis padres no querían que fuera pescador como
mi padre; tenían grandes esperanzas para su único
hijo. Sacaba buenas notas en la escuela y esperaban
que estudiara Medicina o Derecho y luego volviera
y… –soltó una risita–. Creo que no tengo la paciencia
y los modales atentos que debe tener un médico.

Karin se echó a reír.

—En cuanto a ser abogado, no me veo esclareciendo divisiones de tierras y herencias. Si hubiera más crimen, quizá me habría gustado.

Ella creía comprenderlo. Había inteligencia en él junto con una energía potente, y Karin veía por qué una isla, por hermosa que fuera, no le resultaba suficiente.

—Hay resentimiento —confesó él—. Te lo digo porque mañana lo verás por ti misma.

—¿Porque te marchaste?

Xante no contestó. Una ola la tomó por sorpresa, justo por encima de las rodillas y Karin se tambaleó. Xante la agarró de la mano, pero ella se apartó.

—Sólo quería evitar que te cayeras.

El paseo cómplice había terminado. Xante dio media vuelta con irritación y volvió hacia la villa.

—Cuando intente seducirte, lo sabrás —dijo.

Lo cual estaba muy bien. Pero una vez en la villa, Karin sabía que ese momento se acercaba. Le hubiera gustado relajarse y disfrutar del lujo de las instalaciones, poder recuperar parte de la magia que los había acariciado en la pista de baile en su primer encuentro.

En el cuarto de baño había una ducha enorme y Karin se desnudó con cuidado, sintiéndose vulnerable. Vio su torso con cicatrices y se odió a sí misma. Se metió bajo el agua caliente esforzándose por relajarse, pero no pudo. Se lavó el cuerpo y el pelo en un tiempo récord e intentó prepararse para lo que llegaría, untándose el cuerpo con crema hidratante y peinándose. Volvió a ponerse la blusa de seda y encima una bata fina. Salió del baño con el espíritu de alguien que se dispusiera a entrar en el patíbulo.

—¿Mejor? —preguntó Xante cuando ella se acercó vacilante.

Parecía cinco años más joven con el pelo mojado y goteando y sin rastro de maquillaje en la cara. Las huellas del insomnio eran evidentes debajo de sus ojos, y también lo era su nerviosismo.

—Karin —hasta el sonido de su nombre la hacía sobresaltarse. Probablemente se estaba serenando... o durmiendo—. Deberías beber algo y comer un poco —señaló el café y los zumos que les habían llevado mientras ella se duchaba. Los bollos de almendras le provocaron náuseas.

—No tengo hambre.

—Oye —Xante empezaba a perder la paciencia—. Ayer no cenaste nada, no has comido nada en el avión. El whisky no es la mejor fuente de energía —cerró los ojos para bloquear las protestas de ella—. Deberías aprovechar al máximo tu estancia aquí. Tomar los tratamientos del spa, comer bien, descansar...

Xante se dio cuenta de que quería eso para ella. Quería que se cuidara, no por él, sino por ella misma.

—Aquí la vida va más despacio —dio con gentileza—. Es más tranquila. Quizá te sentaría bien probar.

Karin sabía lo que quería decir y le conmovía que se preocupara aunque tuviera tan mala opinión de ella. Aquel hombre autoritario podía ser a veces increíblemente amable.

—Come —él le pasó un plato de galletas—. *Kourabiedes* —dijo—. Y toma, te he pedido chocolate caliente.

Era lo más amable que alguien había hecho por ella en mucho tiempo. El avión, el hotel de lujo y la promesa de la rosa palidecían ante aquel gesto aparentemente insignificante. Hacía años, siglos, que nadie se ocupaba de ella en esos términos. Siglos desde que sus abuelos le daban una taza de chocolate caliente y ahora, sentada en el sofá, resultaba agradable no tener que examinar las acciones de él por un mo-

mento. Y era más agradable todavía mojar una ga-
lleta en el chocolate y fingir que alguien se preocupaba por ella.

–¿Está bueno? –preguntó Xante, sonriendo al verla
fruncir el ceño tras probar el chocolate caliente griego–.
Le añaden vainilla.

–¿Y miel? –preguntó ella–. Está fabuloso.

Era cierto. Terminó la taza y comió tres galletas,
pero notaba que él la miraba y se recordó la verdadera
razón por la que estaba allí. Sabía que no podía pospo-
nerlo eternamente.

Xante vio sus dedos esbeltos jugar con la cicatriz
de la muñeca, como había visto que hacía cuando estaba nerviosa y no puedo evitar preguntar:

–¿Qué te paso ahí?

Le tomó la mano y examinó la cicatriz, tan fuera de
lugar en su piel suave y lisa.

Ella tuvo la sensación de que le leía la palma de la
mano, de que sus ojos latinos podían ver en su interior.
Retiró la mano y sintió que el buen humor entre ellos
se evaporaba una vez más.

–No quiero hablar de ello.

–Deberías cuidarte mejor, Karin.

–Me cuido.

–Es hora de acostarse.

El pánico que cubrió el rostro de ella lo enfureció.
¿De qué narices tenía tanto miedo? La había sentido
derretirse en sus brazos y ella conocía los términos de
su acuerdo. Pero una compañera de cama reacia no era
una buena compañera y Xante la quería deseosa.

–Acuéstate; necesitas dormir.

La ayudó a levantarse y prácticamente la llevó a
la cama. Fue a quitarle la bata, pero ella se agarró a la
prenda, así que le dejó meterse en la cama así y la tapó.

–Duerme –ordenó, porque, si ella no aceptaba la

oferta de dormir en ese momento, no lo haría en mucho tiempo.

Ahora era él el que necesitaba un whisky.

Se sirvió uno y salió a la terraza a mirar el mar y buscar respuestas en el horizonte.

Odiaba volver allí.

Odiaba la playa en la que había esperado que volviera su padre. Odiaba el mar que tan pronto era suave como feroz. Temía el bautizo, y no sólo a causa de Athena. Sabía que nunca volvería a entrar en aquella iglesia sin recordar el funeral y el miedo de estar al lado de su madre, aquella desconocida vestida de negro que no dejaba de llorar.

Sí, odiaba las islas. Pero lo que más odiaba era la vergüenza y desaprobación que siempre había en los ojos de su madre.

Nada lo redimía.

Ni su dinero ni su éxito.

Nada de lo que hacía complacía a su madre. Una buena chica griega y un montón de niños eran lo que quería su madre, y lo único que Xante se negaba a darle.

Tomó un sorbo del vaso y recordó las palabras de Karin.

Sólo quería saborearte…

Arrojó el vaso al mar con rabia y frustración.

¿Cómo lo hacía?

¿Aquella mujer tenía una respuesta para todo?

Sus ojos eran del color del mar Egeo por una razón… porque resultaban cautivadores e invitadores en algunas ocasiones y en otras podían tragarse ferozmente a un hombre.

Se sentó largo rato a mirar el cielo enrojecido antes de volver a observarla dormir. Estaba hecha una bola, a la defensiva incluso durmiendo. Xante no podía creer el efecto que tenía en él.

Quería inclinarse a besarla, despertarla con besos suaves y hacerle el amor. Nunca había deseado tanto a una mujer, pero quería que ella también lo deseara.

Se tumbó en la cama a su lado, completamente vestido, la tocó y notó que se ponía rígida en sueños. Tiró de ella hacia el centro de la cama y la miró en silencio hasta que ella se relajó un poco y se abrió la bata, mostrando la blusa de debajo. Su pelo húmedo estaba extendido sobre la almohada y su rostro desprovisto de maquillaje. El olor a jabón y pasta de dientes contrastaba fuertemente con el perfume de las bellezas resplandecientes con las que estaba habituado a acostarse, y nunca tan poco esfuerzo le había parecido tan tierno ni tan confuso.

Se dijo que tenía que dejarse de tonterías. Cuando se despertaran, reanudarían las condiciones de su trato.

Pero por el momento ella necesitaba descansar.

Capítulo 7

SI HUBIERA tenido gafas de sol a mano, se las habría puesto. Karin despertó a una luz resplandeciente y tardó un momento en orientarse.

El reloj marcaba las nueve, y aunque sólo había dormido unas horas, era el primer descanso profundo que tenía en mucho tiempo y por una vez se sentía de maravilla.

Se envolvió bien en la bata y salió a la terraza a reunirse con Xante, que leía el periódico.

—Gracias por dejarme dormir.

—De nada. Ha llegado tu equipaje —Xante alzó la vista y sonrió al ver su confusión—. Llamé por teléfono desde Inglaterra —dijo—. Si la ropa no te va bien, puedo enviar a alguien a comprar otra esta mañana.

Habían deshecho su equipaje y colocado las cosas y Karin repasó su nuevo vestuario. Era más que apropiado; habían pensado en todo. El armario estaba lleno con vestidos maravillosos, dos trajes de lino, ropa interior, faldas, tops, zapatos y un par de camisones. Karin se sintió algo culpable y se preguntó si podría quedarse todo aquello. Había incluso un bikini blanco que ella esperaba no tener que llevar.

Xante, por otra parte, no mostraba ninguna vergüenza.

Dejó caer su toalla y se dirigió a la piscina. Ella se sentó con nerviosismo en la cama y observó el cuerpo firme de él preguntándose si esperaba que ella entrara

también en el agua. Una llamada a la puerta la sobresaltó, pero era sólo el camarero que llegaba con el desayuno. Xante siguió nadando. Se mostraba tan desin-
hibido, tan mediterráneo, que sólo conseguía acentuar
el nerviosismo inglés de ella. Karin se atareó exami-
nando su nuevo vestuario y procurando no pensar en él
tan cerca y tan desnudo, sino en decidir qué ropa era la
más adecuada para el bautizo.

—No te molestes en vestirte todavía –gruñó él, saliendo del agua cuando se fue el camarero.

Caminó hacia ella chorreando y, aunque Karin
apartó rápidamente la vista, fue demasiado tarde, pues
un solo vistazo le bastó para saber que era muy atractivo. Tenía algo de vello oscuro en el pecho y el vello
seguía un sendero peligroso por su cuerpo hacia abajo.
Ella había apartado la vista, pero antes lo había admi-
rado.

Había visto la parte de él que la esperaba luego.
Sintió la garganta oprimida y sabía que su voz sonaba
más alta de lo normal. Dijo tonterías sobre si debía dar
propinas a los camareros y lo agradable que parecía el
desayuno; cualquier cosa con tal de no bajar la vista.
Él tomó una toalla sin el menor asomo de nerviosismo,
se la enrolló en las caderas y salió a la terraza, donde
lo siguió Karin.

Xante señaló la mesa, los yogures y la fruta, y ella
se dio cuenta de que tenía hambre. Mezcló fresas con
el yogur, tomó un sorbo del café más fuerte y más
dulce que había probado en su vida y decidió cam-
biarse al zumo.

—¿A qué hora es el bautizo? –preguntó.

—A las dos –repuso él–. La peluquera vendrá a las
once. Y nos iremos a la una.

—Pero es en otra isla –Karin frunció el ceño–. ¿No
iremos muy justos de tiempo?

—Nos esperarán si llegamos tarde —vio que ella achicaba los ojos—. Ahora estamos en Grecia, no en Londres, y aquí las cosas se mueven despacio. Teniendo en cuenta que ésta es mi primera mañana libre en más de tres meses, tengo toda la intención de relajarme.

Lo cual ella asumió que significaba volver a la cama.

—¿Y a quién se bautiza?

—A Christos, el hijo de mi primo Stellios.

—¿Y tú eres el padrino?

—Ya te dije que sí —él se negaba a charlar, a dejarse atrapar por los juegos de ella. Se recordó por qué estaban allí, terminó su café y se puso en pie—. Me voy a duchar —cuando entró en la habitación, se volvió un instante—. Puedes reunirte conmigo si quieres.

Karin no podía.

Oyó el agua, pues él dejó la puerta entreabierta, y permaneció sentada pasando la cuchara por el yogur y sintiendo náuseas.

Jamás podría entrar y reunirse con él. Se masajeó las sienes y la frente y rezó para tener la regla, pidiendo algo que le sirviera de excusa, de aplazamiento...

—No me lo digas —Xante apareció en el umbral envuelto en un albornoz—. Te duele la cabeza.

—Un poco.

Lo oyó maldecir mientras se vestía y permaneció inmóvil en su asiento hasta que él salió de la villa con un portazo. Sabía que no podía posponer aquello indefinidamente.

Karin no tardó en darse cuenta de que era mucho trabajo ser la chica de un playboy.

Aunque había conseguido esquivar el sexo aquella mañana, tenía que interpretar el papel de su amante. Y dejarse peinar y maquillar sólo para que la consideraran lo bastante buena para aparecer al lado de él, no era lo que más la atraía en ese momento.

El humor de él no había mejorado con el paseo. Ella estaba ya vestida y maquillada; llevaba un traje de chaqueta lila con zapatos de tacón de aguja gris claro. El pelo iba recogido en un moño alto pero bastante suelto, con rizos rubios cayéndole sobre los ojos. Mientras la peluquera daba los toques finales, Xante paseaba por la estancia, furioso porque su mayordomo no había guardado sus gemelos de plata, ignorando que él le había dado sólo dos minutos para hacer el equipaje. Hizo una llamada de teléfono airada y sin duda algún pobre isleño se vio sacado de la cama o de la playa para ir a abrir la tienda y resolver el problema.

—Llevo una camisa de vestir —dijo a Karin, que seguía en manos de la peluquera—. ¿Esperas que sea el padrino de Christos con las mangas de la camisa colgando?

Por primera vez desde que aterrizaran en Grecia, ella se echó a reír.

—No.

Llegaron los gemelos de plata y, cuando se marchaban, Xante recogió una cesta blanca.

—Como padrino, tengo que llevar ciertas cosas —sonrió cuando salió con la cesta por la puerta—. Sé que resulta raro.

Era extraño que, aunque ella no quería sexo, le gustara tanto.

Extraño que estuviera tan enfadada con él como él con ella.

Los dos echaban chispas cuando subieron al barco de lujo que los llevaría a la isla nativa de él.

—¿Qué tengo que decir? —Karin estaba nerviosa además de enfadada—. Si me preguntan cuánto tiempo hace que estamos juntos.

—Dos o tres meses —Xante pensó un momento—. Eso es mucho tiempo para mí.

—¿Y no se lo habrías dicho ya a tu familia y amigos?

—No los aburro con mis relaciones. Basta con que esté dispuesto a llevar a una mujer a una función familiar.

—¿Basta para qué? —preguntó ella. Pero Xante no contestó.

El barco se deslizaba por el mar. El camarero les llevó champán, pero Karin rehusó y pidió un vaso de agua mineral.

—¡Qué señorita! —gruñó Xante cuando el camero se retiró después de servir el agua—. ¿Quieres whisky con ella?

—El agua está bien —replicó ella, cortante.

—¿Ya no quieres volver a saborearme?

Sonrió al ver que se ruborizaba y decidió dejar el tema.

—Stellios es más que un primo; nos criamos juntos. Yo fui su padrino en la boda, lo que significa que ahora soy el padrino de su primer hijo. Es un gran honor. Nuestras familias están muy unidas, así que gran parte de mis parientes estarán presentes hoy. Los bautizos son algo muy importante en Grecia. Mi ex prometida, Athena, también estará allí. Puede que haya algunas tensiones.

—Podías habérmelo advertido.

—Te lo advierto ahora —él se encogió de hombros—. Fue hace mucho tiempo. Estuvimos prometidos un año.

No le resultaba fácil hablar de aquello. Pero Karin necesitaba conocer algunos hechos antes de arrojarla al foso de los leones.

—Anulé la boda una semana antes de la fecha. Nuestras familias y amigos no se lo tomaron muy bien.

—¿Una semana antes? ¿Por qué?

—Porque… —Xante movió una mano en el aire rechazando la pregunta.

—¿Y tu madre? —Karin tragó saliva antes de cambiar de tema—. Supongo que no le caeré bien.

—Correcto —Xante sonrió—. Mi madre quiere que me case, que le dé nietos. En las familias griegas, la madre a menudo vive con el hijo y su esposa. Es natural que prefiera una nuera que hable su idioma, que conozca nuestras costumbres y tradiciones.

—En ese caso, es una suerte para ella que esto sólo sea una farsa —repuso Karin—. Porque yo no tengo intención de vivir con mi suegra.

—Nuestras costumbres tienen sus ventajas.

—Para ti quizá sí —repuso ella—. Dos mujeres entregadas a todos tus caprichos.

—Es bueno para los niños —Xante se encogió de hombros—. Y una madre saber mejor lo que le gusta a su hijo, cómo quiere que le preparen la comida.

—Es arcaico.

—Estoy de acuerdo.

—Quiero decir… ¿Y si queréis tener una pelea? ¿Y si queréis ir desnudos por la casa?

—He dicho que estoy de acuerdo —musitó él—. Aunque todavía no se lo he dicho a mi madre. ¿O sea que tú quieres ir desnuda por la casa?

Karin se ruborizó y él le quitó el vaso de la mano.

—Lo decía por poner un ejemplo.

—Es un buen ejemplo —sonrió él.

Karin no supo dónde mirar, tuvo que luchar con sus ojos para seguir mirando los de él a pesar de que el rubor hacía que le ardiera la cara.

—Me confundes, Karin —admitió Xante, pero no parecía nada confundido. De hecho, le tomó la mano con voz llena de confianza—. Tiemblas como un conejo asustado, finges no estar interesada y, sin embargo, te he visto observarme.

Apretó la mano de ella sobre su camisa y le separó los dedos. Los deslizó en los botones de la camisa y le apretó la mano con más fuerza para que ella pudiera sentir el latido lento de su corazón. Cuando le tocó la piel, el corazón de Karin empezó a latir como un pájaro asustado.

—Me estabas mirando aquí —apretó con más fuerza la mano de ella en el pecho—. Sé que me deseas.

—¿Por qué tengo que desearte si ya he dicho que puedes poseerme?

Las lágrimas brillaban en sus ojos por la brutalidad fría de su acuerdo. Se aferraba a su corazón porque no podía dárselo a él, no podía admitir cuánto la afectaba aquel hombre.

—Te mientes a ti misma —dijo él—. Yo jamás desearía a una mujer que no me deseara —iba guiando la mano de ella hacia su entrepierna—. Y también me has mirado aquí.

—Eres asqueroso —ella hizo ademán de apartar la mano, pero él le sujetó la muñeca con los ojos fijos en los de ella.

—Antes no te parecía tan asqueroso cuando me mirabas.

—Podría venir alguien.

—No temas. Les pago bien para que desaparezcan.

Ella sentía su dureza a través del pantalón, lo sentía frotándose con su mano, sentía su fuerza. Y a su pesar, se iba excitando cada vez más. Entonces miró, miró sus dedos finos rígidos en el bulto de él en los pantalones. Apenas podía respirar mientras él hacía que su mano acariciara la erección con los ojos fijos en la parte superior de la cabeza de ella. Luego Xante apartó la mano de la de ella. De haber sido un momento antes, ella se habría apartado instantáneamente como si aquello le quemara. Pero ahora dejó la mano allí, tocándolo por propia voluntad.

–Cuando quieras, Karin –la voz de él era burlona. A ella su mano le parecía muy pesada cuando la devolvió a su regazo, y la palma le ardía como si la hubieran marcado con un hierro–. Estoy deseando que llegue esta noche.

Un coche los esperaba y el chófer los llevó a través de calles estrechas hasta una iglesia tradicional griega. Karin se puso nerviosa cuando vio la multitud reunida fuera y sintió que todas las cabezas se volvían y todos los ojos se clavaban en ella.

–¿Les has dicho que me ibas a traer?

–¿Qué? ¿Y arruinarles la sorpresa?

Se acercaron juntos de la mano y Karin esperó con una sonrisa fija mientras todos saludaban con calor a Xante.

–¿Karin?

Le presentó a la gente. Por suerte, no había ni rastro de la prometida contrariada, pero lo que más nerviosa la ponía eran los ojos negros de su madre. Vestida de negro de los pies a la cabeza, parecía contradecir el espíritu alegre. Aceptó con rigidez el abrazo de su hijo, pero no hizo amago de saludar a Karin. Era mucho más joven de lo que ésta esperaba y, aunque vestía de negro, había algo moderno y vital en ella que desmentía la descripción sombría que le había hecho Xante.

Cuando entraron en la iglesia, Karin se estremeció. El tiempo era cálido para esa época del año, pero en el interior de la iglesia hacía frío y Xante le apretó la mano.

Se preguntó si había hecho algo mal… quizá tendría que haberse inclinado o persignado o algo, pero, cuando se volvió, comprendió que la expresión sombría de él no se debía a ella.

–¿Estás bien? –preguntó.

–Sí –repuso él; pero aunque sus mundos estuvieran a años luz de distancia, ella sabía reconocer la pena y le apretó instintivamente la mano. Vio que él fruncía el ceño con sorpresa, pero no aflojó la mano; y él tampoco lo hizo hasta que lo dictó el protocolo.

Como padrino, Xante tenía sus deberes, así que avanzó a la parte delantera de la iglesia, dejándola atrás. Karin era consciente de los ojos de la gente que se clavaban en ella por detrás y la madre de Xante se giraba de vez en cuando a mirarla desde delante. Iba a ser una tarde larga.

–¿Hablas griego?

Una mujer se deslizó en el banco a su lado y Karin negó con la cabeza y se volvió con gratitud hacia el sonido de la voz que hablaba en inglés con fuerte acento. Se quedó sorprendida ante la belleza de la otra y supo al instante de quién se trataba. Era espectacular. Su pelo espeso negro caía en rizos pesados, iba perfectamente maquillada, con los labios pintados de un rosa vibrante y llevaba un vestido fucsia que resaltaba perfectamente su piel morena.

–Soy Athena –sonrió–. Una amiga de la familia.

El servicio fue eterno, pero también muy hermoso, y Karin agradeció la traducción de Athena de lo que tenía lugar. Vio en Xante un cierto orgullo, una seriedad que la sorprendió.

–Mira al oeste –explicó Athena en voz baja–. A la puerta del Hades. Ahora se coloca ante la pila bautismal, el vientre divino –había mucha tradición en todo aquello. Los padres ungieron al pequeño Christos con aceite puro de oliva y después Xante lo ungió a su vez–. Lo ungen para que se aleje el mal –explicó Athena.

Tres veces sumergieron al bebé en el agua y Karin

observó después que le cortaban el pelo hasta formar una cruz antes de vestirlo de blanco.

Se sentía como un fraude, una observadora que no tenía cabida en aquella reunión espiritual, pero estaba cautivada, no sólo por el servicio sino también observando a Xante.

Éste se mantenía orgulloso, sombrío y conocedor de su papel, que cumplía con gracia. En ese momento ella se sentía asaltada por los celos, pues sentía envidia de esa familia que mantenía sus tradiciones, una familia que estaba unida, una familia tan alejada de la familia con la que ella había crecido.

Y luego Xante la miró, le dedicó una sonrisa que era simplemente amable, una sonrisa para comprobar que ella estaba bien, y Karin se ruborizó y le sonrió a su vez. Sintió lágrimas en los ojos cuando él apartó la vista. Porque ahora estaba celosa de la mujer que un día se llevaría a Xante. Afortunada la mujer que recibiera aquella sonrisa de modo regular, porque cuando él era amable, lo era mucho. Afortunada la mujer que entrara en aquel círculo cerrado y afortunada la mujer que consiguiera que aquel hombre le hiciera el amor en lugar de acostarse con él a cambio de algo.

Pero ella tenía toda la culpa de la baja opinión que tenía de sí misma… y eso era lo que más le dolía.

Después de la ceremonia hubo una fiesta en casa de Stellios. Un cordero giraba lentamente ensartado sobre el fuego y la mesa estaba llena de marisco fresco. Era un festín celestial y un día para recordar. Karin tomó un sorbo de ouzo por educación cuando brindaron por el niño y después volvió a su agua. Xante volvió a sorprenderla. Estaba más relajado de lo que habría imaginado; conversaba y reía con familiares y amigos, ella incluida.

La casa era encantadora, y cuando Karin fue al

baño, descubrió fotos de boda e instantáneas familiares en las paredes. Buscó automáticamente a Xante y sonrió cada vez que lo descubría.

La fiesta se prolongó hasta bien entrada la noche y Karin estaba relajada y recostada en un sillón de mimbre cuando Athena se reunió con ella.

–¿Te diviertes?

–Mucho –sonrió Karin.

–Es una buena fiesta. Stellios quería que todo fuera perfecto para su hijo.

–Lo ha sido.

Es curioso mirar a Stellios y ver que es un hombre de familia –musitó Athena con afecto.

–Parece muy orgulloso –comentó Karin.

–Un hombre de familia muy orgulloso –Athena soltó una risita–. De joven era muy rebelde. No tanto como Xante, claro… Perdón. No es justo por mi parte sacar a relucir el pasado de Xante.

–Él y yo no tenemos secretos –murmuró Karin, que pensó que, si iba a interpretar el papel de su novia, debía hacerlo lo mejor posible. Además, sentía curiosidad.

–Pues claro que no tenéis secretos –sonrió Athena–. Estaba recordando sus días de *kamaki.*

–¿*Kamaki?*

–Chicos malos –explicó Athena–. Esperaban en el aeropuerto o en la taberna a las chicas inglesas; interpretaban muy bien su papel.

Karin sintió que se le encogía el estómago. Sabía que la otra la estaba provocando, pero miró a Xante, que reía y bailaba completamente cómodo y supo que probablemente era cierto. Ahora podía ser multimillonario, pero el dinero y el estatus no lo habían domesticado del todo; seguía teniendo el encanto de la calle que atraía a las mujeres, y una belleza morena que podía derretir todos los corazones.

Después de todo, había derretido el suyo.

—Jamás pensé que acabaría con una chica inglesa —los hermosos ojos de Athena se achicaron con despecho.

—Pues parece que así lo ha hecho —musitó Karin con dulzura—. Varias veces.

—Por supuesto. Pero esas chicas no se enteraban; él no les iba a escribir por mucho que dijera que las quería. Era sólo un juego, una conquista, algo que tenía que ganar. Es lo que pasa con los hombres griegos, que quieren conquistar tu corazón, quieren que los ames con pasión y luego… —Athena se encogió de hombros—. Te dejan llorando. ¿Qué era lo que decían entonces? —se rió sola al encontrar la respuesta—. *Pos boron a echo sevasmo yia mia yinuka an tin gamao.* ¿Cómo voy a respetar a una mujer con la que me acuesto tan fácilmente? No es que eso se refiera a ti, claro —ya ni siquiera se molestaba en fingirse amable—. Estoy segura de que te negaste a estar con él el tiempo que te llevó convencerlo de que eras una dama.

Se levantó y tomó un trago de vino con ojos brillantes y peligrosos, pero todavía sensuales.

—Crees que tú puedes lidiar con él, pero te equivocas. Nuestra cultura tiene algo más de lo que puedes aprender. Nosotras conocemos a nuestros hombres. Por eso… —su sonrisa era ahora irónica y sus ojos brillaban de malicia— en invierno vuelven con nosotras.

Xante le había dicho que debía actuar como si lo quisiera. ¿Cómo habría reaccionado si estuviera allí como su chica de verdad? Debajo de su fría reserva había todavía fuego y era un placer reaccionar.

—Xante y yo tenemos en mente veranos interminables.

—¡No estoy hablando del tiempo! —escupió Athena.

—Ni yo tampoco —Karin permaneció sentada y miró

a la otra con desprecio–. Yo que tú no perdería el tiempo esperando que vuelva, Athena; no habrá invierno.

–¿No? ¿Estás segura de eso? ¡Qué raro! Anoche se sentía solo en su cama después de pasar el día contigo –Karin se ruborizó. Athena continuó–: Yo no tengo que estar a su lado para darle calor. Su hogar, después de todo, sólo está a una llamada de teléfono de distancia.

Se alejó y Karin pensó que era una suerte que estuviera sentada, pues le temblaban las piernas por el enfrentamiento y en la cabeza le bullían imágenes en las que no quería pensar.

–¿Problemas?

Karin casi dio un salto cuando la madre de Xante se sentó a su lado. Se preparó para otro ataque verbal, pero se encontró con la sorpresa de que, después de muchas horas de miradas oscuras y recelosas, Despina parecía haber ido a hacer las paces.

–Esa chica busca problemas –sonrió a Karin con calor; era una mujer muy atractiva–. He visto que lo has ayudado en la iglesia. Ese lugar todavía lo atormenta. Es bueno verlo feliz esta noche. ¡Se queda tantas veces apartado en estas celebraciones!

Xante estaba disfrutando.

Las reuniones familiares solían ser tirantes, pero aquélla no. Odiaba ir a la iglesia, pero ese día, con Karin, había sido más fácil y esa noche se divertía de verdad. Había disfrutado poniéndose al día con Stellios y sus primos. Karin no era una de esas mujeres dependientes. Igual que había hecho en el hotel de Londres, había charlado y se había mezclado con la gente sin problemas a pesar de la barrera del lenguaje.

Un rato antes había visto a Athena hablando con ella y, aunque no le había gustado, pues sabía cómo podía ser Athena, tampoco le había preocupado. Por la postura de Karin y el modo en que se había comportado en la iglesia, estaba seguro de que podía lidiar con Athena. Además, le pagaba bien.

Por eso, por primera vez en la historia de la familia, Xante estaba relajado y se divertía.

Hasta que la vio hablando con su madre.

Y salió corriendo a ayudar a Karin.

Sólo que su madre no sólo sonreía... peor... reía abiertamente.

—La fiesta ha terminado —incluso hablaba en inglés—. Ahora trae a Karin a casa.

Karin no entendió lo que dijeron a continuación. Captó varias veces la palabra *Mikonos* y aprendió rápidamente que *ochee* debía significar «no», porque Xante negaba con la cabeza siempre que la decía. Al fin comprendió también que, allí en Grecia, mandaba Despina.

—Nos quedamos esta noche en casa de mi madre.

Xante le tomó la mano con cara tormentosa y fueron a despedirse juntos de la gente. Ella casi sentía ganas de reír; aquello no era lo que había planeado él.

Su casa familiar estaba cerca, sólo había que subir una calle adoquinada y Despina los precedió al interior de una casa que no tenía la puerta cerrada y los llevó a una sala que Karin asumió debía ser para las «ocasiones» pues estaba impecable. Había muchos pañitos hechos por ella a la vista y pequeñas cruces y velas rodeaban fotos del que sólo podía ser el padre de Xante.

—Le gustas —Xante levantó los ojos al cielo cuando Despina se alejó a la cocina a hacer café.

—Lo siento mucho —repuso ella.

—Gustas a todo el mundo —protestó él.

—A todos no. Creo que no he conquistado a Athena. Pensaba que era tu ex.

—¡Y lo es!

—¿Pero te sigue llamando?

Karin achicó los ojos. Detectaba un asomo de celos en su voz y eso no tenía sentido. No era asunto suyo lo que hiciera Xante, y él así se lo dijo.

—Si lleváramos dos meses saliendo juntos, quizá tuvieras derecho a hacer esa pregunta.

—Tú no puedes vivir sin sexo, ¿verdad? —se burló ella.

—¿Por qué querría nadie vivir sin él? ¿Por qué, Karin?

—Porque tiene que significar algo —respondió ella.

Y para eso él no tenía respuesta, porque empezaba a descubrir rápidamente que ella tenía razón. Estaba cansado de chasquear los dedos y que apareciera una mujer, cansado de tumbarse en la cama con alguien e intentar recordar su nombre, harto de tener una relación de tres meses y descubrir que ella lo aburría. Miró la belleza pálida de Karin, la única mujer a la que no podía conquistar sólo con su encanto, una mujer a la que tenía que sobornar para que se metiera en su cama… una ladrona, borracha y embustera.

Y sin embargo, había una dignidad en ella que lo cautivaba.

Su madre lo llamaba desde la cocina, pero los ojos de Karin bloqueaban todo lo demás. Karin era una mujer con la que el sexo significaría algo.

Despina no parecía la mujer recelosa de la iglesia. Reía, conversaba y enseñó a Karin cientos de fotos, incluida la de una niña de pelo rizados que Karin habría jurado que tenía cuernos.

–Problemas –dijo Despina, tapando la foto.

–Yo creía que estabas de parte de Athena –le recordó Xante–. La última vez que vine a casa, seguías esperando que me casara con ella.

–Eso era el año pasado, Xante –a Karin le conmovía que hablaran inglés delante de ella, aunque la conversación resultara incómoda y hubiera sido mucho más fácil volver a su lengua nativa–. Las cosas cambian en un año. Aunque tú no te enteres.

–He estado ocupado.

–¡Siempre ocupado! –Despina miró a Karin–. Espero que tenga más tiempo para ti.

No había una respuesta buena, por lo que Karin no dio ninguna. Permaneció callada mirando a Xante, que parecía cada vez más incómodo a medida que hablaba su madre.

–A Athena le gusta mucho esto –frotó el índice y el pulgar para hacer un gesto de dinero–. Y en el pueblo dicen que también le gusta mucho esto –la mujer se señaló la entrepierna, cosa que sorprendió a Karin e hizo reír a Xante–. Las dos cosas que a ti se te da bien ofrecer –dijo mirando a su hijo.

–Verás que mi madre no se muerde la lengua –sonrió Xante–. Aquí en Grecia decimos lo que pensamos.

–Tú, desde luego, sí.

–Ten cuidado con ella, Xante –le advirtió Despina–. Creará problemas.

–Hace cinco años que terminamos.

–Athena no lo cree así.

Despina enseñó a Karin la casa antes de retirarse y cuando abrió una puerta y señaló una cama individual, la joven estuvo a punto de besarla.

–Tú duermes aquí, *kalinihta*.

Lanzó una mirada de advertencia a su hijo y Karin estuvo a punto de echarse a reír al ver la expresión de él, que le recordó a un gato al que hubieran echado de casa en una tormenta.

–*Kalinihta* –dijo Karin con dulzura.

Le dio un beso en la mejilla y cerró la puerta del dormitorio. Por segunda noche consecutiva, en vez de ganarse la rosa, Karin durmió bien, envuelta en algodón blanco y probablemente con Despina guardando la puerta.

Capítulo 8

CUANDO Karin despertó y oyó ruido en la cocina, captó el olor a café, pastas y almendras y percibió las voces de Xante y su madre charlando en griego, comprendió que, por primera vez en mucho tiempo, había dormido más de la cuenta.

La cama era cómoda, la casa acogedora y las voces que se filtraban por las paredes relajantes. Resultaba tentador darse la vuelta, volver a dormirse y fingir que todo aquello era real, que era su vida; pero, por supuesto, no lo era. Por eso se dio una ducha y se vistió. El traje del día anterior parecía demasiado elegante para el desayuno, así que prescindió de la chaqueta y fue descalza a la cocina.

–*Kalimera* –dijo Despina.

Karin le sonrió, y también a Xante, que leía un periódico sentado a la mesa. Besó su rostro sin afeitar.

–¿Qué tal has dormido, querido?

–Mejor de lo que dormiré esta noche –le advirtió él.

Ella se lamió los labios y le supieron a sal.

–¿Has ido a nadar?

–Ya te dije que nado en el mar todas las mañanas cuando estoy aquí –Xante regresó a su periódico–. Pero además esta mañana era necesario. De algún modo tengo que descargar energías.

–¡Pobre Xante! –repuso Karin.

Se dio cuenta de que sonreía todavía; de hecho, no

había dejado de sonreír desde que se había levantado. Dos noches lejos de su hermano y del caos de su casa y empezaba a relajarse.

A relajarse de verdad.

Había hecho bien en marcharse; la distancia la ayudaba a ver las cosas con más claridad.

Estaba harta de la fachada, cansada de intentar mantener limpio el apellido Wallis. También estaba harta de mentir por Matthew y, aunque ésa no había sido la intención de Xante, aquella escapada había sido algo más que un descanso… había sido su salvación.

No es lo que habías planeado, ¿verdad? —preguntó con suavidad, sin asomo de burla.

Él la miró a los ojos y le sonrió. Ella le devolvió la sonrisa.

Y aunque no querría vivir con Despina, ni aunque llevara incorporado el regalo de Xante, la mujer era encantadora. Una mujer elegante de mirada inteligente e ingenio rápido que era una anfitriona maravillosa y tenía la capacidad de escandalizarla y hacerle reír.

Xante se parecía mucho a su madre.

—Le he dicho que te lleve a la montaña. Su scooter está aquí.

—¿Tienes una scooter?

—Todos los chicos griegos tienen scooter —Xante enarcó las cejas—. Es antigua. Dudo mucho que se ponga en marcha, y mucho menos que nos lleve a la montaña.

Pero, al parecer, su primo la usaba todavía. Y en anticipación de protestas, Despina había encontrado una rebeca de ganchillo color crema y unos bonitos zapatos planos para Karin. La camisa de Xante quedaba bien con las mangas enrolladas y sin los gemelos de plata, pero se negó en redondo a llevar un jersey viejo de su padre. Y, para sorpresa de Karin, una hora después de desayunar, Despina había empaquetado el almuerzo y una manta y los despedía en la puerta. Nadie sugirió un casco. Karin se consoló pensando que probablemente no irían muy deprisa, aunque, una vez en marcha, le pareció que lo iban y descubrió que su falda subía más de lo que le hubiera gustado. Con el viento agitándole el pelo y el tiempo tan bueno, aquel invierno griego equivalía casi a un verano inglés.

Sentía los músculos de él bajo los dedos y, cuando empezaron a subir más, notó carne de gallina en la piel. Más adelante cambiaron la carretera por un camino viejo y a Karin no le quedó más remedio que agarrarse bien a él si no quería caerse. La moto la lanzaba hacia delante y su mejilla rozaba la espalda de él; era una buena sensación apoyar la mejilla allí y agarrarse bien.

Xante tenía una extraña sensación de *déjà vu*. Primero había sentido las rodillas de ella intentando evitarlo y ahora ya se agarraba mejor a su cintura. Iban pasando sus lugares habituales de otro tiempo y para él era un modo de revivir el pasado.

Pero cuando los brazos de ella lo rodearon por completo, terminó el *déjà vu*. No lo embargó una sensación de triunfo cuando la sintió apoyarse en él ni hizo una mueca al notar que el cuerpo de ella se entregaba por fin. Tenía la garganta tan apretada que le costaba respirar. No había fuego en su entrepierna, sólo necesidad, un deseo de retener aquel momento para siempre, de seguir avanzando con el cuerpo suave de ella calentando el suyo. Xante no sabía adónde iba. Conocía las montañas como la palma de su mano, pero no sabía dónde llevaba aquello.

La llevó a un bosquecillo, extendió la manta en el suelo y comieron bañados por la luz del sol. Xante observaba a aquella mujer esquiva, con el pelo revuelto por el viento y los ojos claros y brillantes. Si hubiera tenido una cámara, habría captado su imagen para siempre. Libre de cuidados y riendo, era la mujer más hermosa a la que había visto nunca.

El almuerzo fue sencillo pero fantástico; trozos de pan que mojaban en aceite de oliva, una ensalada griega y una botella de agua mineral con gas.

Y por primera vez, se lo contó a alguien.

Le contó que le costaba mucho volver a casa.

Que odiaba la isla y el agua que se había llevado a su padre, y sobre todo, odiaba la empresa cuya negligencia había sido la causa. Que a los nueve años había jurado vengarse y había trabajado mucho para conseguirlo.

—Compré esa empresa a los veintidós años —Xante estaba tumbado de costado apoyado en un codo y Karin yacía de espaldas mirando las copas de los árboles y deseando no tener que volver nunca a Inglaterra—. Y despedí a todos los encargados corruptos que trabajaban allí. Pagué bien a los pescadores, reparé sus barcos para que salieran bien preparados al mar y… todo creció a partir de ahí. Ahora puedo mantener bien a mi madre, aunque ella no lo quiere. Está contenta de vivir en la casa que compartía con mi padre. Para ella el dinero no cambia nada. Vestirá de negro hasta que se muera.

—Parece feliz.

Xante negó con la cabeza.

—¡Es verdad! —insistió Karin, pero entendía el punto de vista de él. La mujer vitalista y hermosa que tenía tanto amor para compartir estaba sola en el mundo. No parecía justo—. ¿Cuántos años tenía tu padre cuando murió?

—Treinta.

Karin respiró hondo.

–¿La misma edad que tienes tú ahora?

–Tú tienes veinticinco, ¿no? –preguntó él, y Karin asintió–. Mi madre me tuvo con dieciséis años. Su vida terminó a la edad que tienes tú ahora.

–No terminó –protestó ella.

Pero las palabras de él le hacían daño. No hablaban de hijos, nietos, carreras y casas, hablaban de sexo, amor, pasión y romanticismo. Hablaban de algo que, antes de Xante, ella había creído que no conocería nunca.

–Deberías intentar volver más a menudo –dijo.

–¿Para hacerle sufrir? ¿Para que me diga una vez más que siempre la decepciono? –Xante movió la cabeza–. Le causé mucho dolor en el pasado… –dijo con aire sombrío.

–Parece haber superado lo de Athena.

–No es sólo eso. De adolescente era rebelde, estaba rabioso con el mundo. Le causé vergüenza.

–Los adolescentes a menudo lo hacen –musitó Karin–. Sobrepasan los límites, se rebelan contra todo y luego, con suerte, viven el tiempo suficiente para dejar eso atrás.

¿Por qué tenía ella que reconfortarlo de aquel modo? Nunca se había confiado así a nadie… y no estaba seguro de que le gustara.

–¿Y tú? –preguntó–. ¿Cómo eras tú de adolescente?

–No lo sé… –a pesar del aire fresco, Karin sentía mucho calor. Tomó la botella de agua y bebió un trago que no quería–. Callada, supongo; bastante aburrida, en realidad.

–¿Sin dramas de adolescente?

Ella negó con la cabeza.

–Estaba demasiado ocupada estudiando para montar dramas.

–¿Fuiste a la universidad?

–No.

Sintió que se ruborizaba. Había tenido los mejores colegios y las mejores oportunidades y seguía siendo sólo una auxiliar en la misma biblioteca en la que trabajaba los sábados cuando era estudiante.

–No me fue tan bien como esperaba en los exámenes.

–¿Y si te hubiera ido bien? –insistió él–. Si pudieras ser cualquier cosa que quisieras…

¿Por qué aquella pregunta le daba ganas de llorar? Porque nunca se la había planteado en todos esos años. Ni una sola vez se había permitido el lujo de pensar en un futuro que fuera sólo suyo.

–Soy feliz así –repuso. Pero no pudo reprimir una nota de tristeza en la voz.

–¿Y tu novio militar? –vio que los hombros de ella se tensaban–. ¿Qué pasó ahí?

–¿Qué pasó entre Athena y tú? –replicó ella, segura de que eso silenciaría la pregunta de él, pero después de un momento de vacilación, Xante contestó:

–Descubrí que la chica dulce que tantos años llevaba soñando conmigo era en realidad astuta y manipuladora. Le había echado el ojo a mi riqueza. Salimos cuando yo era sólo un pescador y Athena quería algo más de la vida. Viajó por Europa y pasamos años sin vernos. A mí empezó a irme bien. Athena volvió de sus viajes y dijo que estaba encantada de verme, que siempre me había echado de menos. Ni siquiera sabía que yo había comprado la empresa ni lo deprisa que se había expandido… o eso me hizo creer –Xante la miró a los ojos–. Una semana antes de la boda, descubrí otra cosa. Ella estaba al tanto de mi éxito desde el principio y se había esforzado por ser el tipo de mujer que creía que yo quería. Interpretaba muy bien el papel. Cuando lo descubrí, terminé con ella.

–¿Cómo te enteraste?

–Athena se había confiado a una amiga desde el día en que puso sus miras en mí. Le contó su intención de casarse conmigo y vivir bien. Una semana antes de la boda, su amiga, envidiosa, me remitió los e-mails de Athena.

–¿No le dijiste a tu familia lo que sabías? –preguntó Karin.

Él negó con la cabeza.

–¿Por qué?

–Porque… –Xante se encogió de hombros, exasperado–. Es difícil explicar. Yo le quité la virginidad. Éramos una pareja, estábamos prometidos, llevábamos los anillos. Para Athena habría siempre un estigma. Ella se iba a quedar aquí. Pero para mí era fácil, porque no tenía intención de quedarme una vez que descubrí la verdad.

–¿Y ahora?

–Ahora se pone sensiblera algunas noches. Me llama e intenta recrear lo que en realidad nunca tuvimos. Y yo le digo que no. Hace mucho tiempo que acabó lo nuestro; ya es hora de que Athena se acostumbre a la idea.

–¿Y por eso estoy yo aquí?

Era una parte de la razón por la que estaba allí. Pero, ¿por qué hablaba con ella, por qué le contaba cosas que nadie más sabía? ¿Por qué lo conmovía aquella mujer?

–¿Y tú? –preguntó, irritado por sus revelaciones–. ¿Qué te pasó con tu guapo capitán?

Karin pensó un rato cómo contestar, aunque luego la respuesta resultó sorprendentemente fácil.

–Lo mismo que Athena. Yo tampoco era la mujer que aparentaba. Y al igual que tú, David no pudo lidiar con eso.

–Tú no eres para nada como Athena.

–¿No?

–No –Xante movió la cabeza–. Porque, aparte de todo lo demás, cuando olvidas que tienes que ser una arpía, resultas una persona bastante agradable. Cuéntamelo, Karin.

–¿Por qué? –ella lo miró con rabia–. No estoy aquí para hablar, ¿recuerdas?

–A lo mejor quiero aprender a conocerte.

–A lo mejor no te gustaría lo que descubrirías –ella contuvo el aliento, asustada de lo cerca que estaba de la sinceridad, pero temerosa también por la reacción de él. Porque, ¿cómo se iba a creer Xante que sus problemas económicos no tenían nada que ver con sus sentimientos por él?

Sentimientos.

Aquella palabra fue como una bofetada. Había sentimientos, reales, firmes, sentimientos que estaban allí y ella lo sabía. Porque sin sentimientos, no habría accedido a hacer aquello.

–Quizá si supieras la verdad, eso lo estropearía todo.

–Tienes razón –él pensó un momento en aquello–. Tienes razón –le puso una mano en la cintura y se recordó una vez más la verdadera razón por la que ella estaba allí–. Tardé un tiempo en superar lo de Athena, pero ella me hizo un favor. El amor es para tontos, Karin. Siempre hay algo oculto; nunca es lo que parece.

–No siempre… –ella sabía que estaba a punto de echarse a llorar porque no quería que fuera así. Quería creer que el amor siempre acababa por triunfar; argüía consigo misma más que con él–. Mira tus padres; estaban enamorados.

–O te quedas como un tonto o te quedas viviendo siempre de luto –él movió la cabeza–. Es mejor así.

Donde los dos sabemos lo que queremos, donde hay ventajas para los dos. Y nadie tiene que sufrir.

Excepto porque ella sufría ya.

Lo echaba ya de menos porque seguramente se iría pronto.

Desde que Xante había entrado en su vida, ésta había cambiado. De algún modo, a pesar de la mala imagen que tenía de ella, Karin se sentía cuidada. Por primera vez desde la muerte de sus abuelos, había tenido a alguien a quien llamar en un momento de necesidad.

Y a su lado se sentía segura. Lo bastante para besarlo. Tenía que besarlo, no porque él lo exigiera, sino porque ella también lo deseaba. Y lo haría muy pronto.

Quería sentir lo que era estar en brazos de un hombre apasionado, que la acariciara y le hiciera el amor antes de que se impusiera la verdad y los separara. Quería aferrarse a aquel momento todo el tiempo que pudiera para poder pensar en él más adelante.

Él estaba tumbado a su lado, apoyado en un codo y, cuando extendió el brazo para tomar su vaso, se le subió la camisa y Karin vio su estómago plano y musculoso, una serpiente de vello negro y... y esa vez ella no apartó la vista.

Esa vez Xante no hizo un comentario ingenioso cuando la sorprendió mirándolo.

–No muerdo –su voz estaba preñada de lujuria y no había donde esconderse.

Pero esa vez ella no quería esconderse.

–Promételo.

Él la atrajo hacia sí y la besó en los labios. Su cara estaba fría, su lengua cálida jugaba con la de ella y Karin sentía que podría pasarse la vida besándolo así. Pero los besos no podían ser eternos, al menos no un beso tan bueno como aquél. Xante tiraba de su blusa, pero ella le apartó las manos y deslizó las suyas bajo la camisa de él para rozar su piel sedosa. Él la tumbó boca arriba y se colocó a horcajadas sobre ella, besándola todavía y atrapándola entre sus rodillas. Sujetó con las manos las muñecas de ella encima de su cabeza y siguió besándola hasta que ella ansió más contacto, hasta que su cuerpo se retorció debajo de él. Ella alzó las caderas, pero él no se dejó convencer y siguió confinándola en el delicioso espacio que había creado y atormentándola con su boca hasta que ella no pudo soportarlo más y entonces sintió todo el peso de él. Un instante después tenía la falda alrededor de la cintura y la erección de él la apretaba entre los muslos, acariciándola a través del pantalón. Karin se frotó contra él con un movimiento de caderas involuntario. Xante le bajó las bragas y ella sintió el aire fresco entre las piernas y después los dedos pacientes y cálidos de él la acariciaron tan despacio que por un segundo se olvidó de todo y entró en aquel lugar encantador donde sólo existían ellos. Un lugar no manchado, donde su cuerpo era suyo y el de él era de él para hacer con ellos lo que quisieran.

La otra mano de él se movía de nuevo en su blusa, para sacarla de la cintura, y ella supo que la quería desnuda. Esa vez lo apartó por otras razones. Porque ahora quería aquel momento que tanto tiempo llevaba esquivándolo. Luchó con el cinturón de cuero de él, desabrochó la hebilla con dedos temblorosos y tuvo al fin su fuerte erección entre las manos.

Para Xante, aquella exploración tierna era una tortura. Su erección era tan fiera que se arrodilló, le sujetó las caderas con fuerza y la distancia entre ellos le pareció demasiado larga. No la comprendía. Ella le suplicaba que siguiera, pero tenía los ojos muy abiertos y al penetrarla sintió una resistencia íntima que lo dejó extasiado. Ella lo abrazaba con fuerza a cada embestida;

tuvo que proceder avanzando un paso y retrocediendo dos hasta que por fin estuvo dentro y se hundió en sus profundidades.

Para Karin, aquello era un paraíso.

Las primeras embestidas lentas la habían hecho acercarse cada vez más.

Sentía el abandono de él; notaba que aquel hombre poderoso perdía temporalmente el control, y ella lo perdió también y cedió a la sensación que atravesó su cuerpo. Una ola decadente de sensaciones la embargó, le estremeció los muslos y llevó su cabeza a un lugar donde sólo veía rojo y sólo sentía piel. Sentía la fricción rápida de él contra ella, el tirón ansioso de su núcleo aceptando hasta la última y preciosa gota. Esa unión frenética y urgente supuso un gran alivio para Xante, pero el alivio se vio teñido de algo más. Con ella en los brazos, miró las copas de los árboles y se dio cuenta de que, por primera vez, después de hacer el amor allí en la montaña con una mujer, había algo más que quería de ella.

Más, seguramente, de lo que Karin le daría nunca.

Capítulo 9

EL SOL griego, aunque más débil en invierno, resultaba muy placentero.

Xante la observó relajarse poco a poco. Tenía un grupo de pecas en la parte superior del muslo y dormitaba a su lado, vestida con el bikini blanco que le había comprado, pero con una camisa turquesa atada a la cintura. La pulsera de plata labrada a mano que le había comprado cuando bajaron de las montañas y pasearon por las tiendas de su pueblo natal descansaba en su muñeca y cubría la cicatriz que él sabía que había allí. Parte del pecho cremoso asomaba por encima del sujetador del bikini, la única parte más rellena en su cuerpo esbelto y delgado, y, sin embargo, Karin parecía odiarlo, pues se mantenía tapada cuando él quería verla entera.

Habían regresado a la villa y habían permanecido allí un par de noches más.

Karin dormía mucho, comía alimentos frescos y sanos y caminaba todos los días por la playa.

El mar Egeo le parecía a Xante hermoso por una vez, tranquilo y pacífico a la luz del atardecer. Pero él miraba a Karin y se preguntaba por qué hacer el amor con ella no había servido para sacársela de la cabeza.

Su cuerpo se tensó al recordar la última vez que habían hecho el amor; porque eso era lo que hacían, ya que la palabra «sexo» era muy poco adecuada para describir los lugares a los que se llevaban mutuamente. Pero, a pesar de la cercanía, Karin siempre se mostraba contenida, siempre lo dejaba deseando más.

Xante intentó decirse que tal vez se aburriría de ella en tres mese más.

Quizá en tres meses encontraría irritante su acento meloso o su manía de cubrirse.

Quería algo más de ella.

Quería la puerta abierta en la ducha y que nadara desnuda en la piscina. Quería que disfrutara del cuerpo del que tanto parecía avergonzarse y quería más de lo que había querido nunca de una mujer. Desde luego, más de lo que Karin estaba dispuesta a darle.

Un par de horas después subirían al avión. La noche se acercaba con rapidez y, a pesar de todo su poder, Xante se daba cuenta del poco que en realidad tenía. Caería la noche y seguiría el amanecer, su avión despegaría a las siete y a medianoche habría acabado todo.

Que era lo que mejor que podía pasar.

Los sentimientos confundían las cosas. Las relaciones debían tratarse como una transacción de negocios, algo beneficioso para los dos, pues eran eso. Su aventura seguía saliendo en la prensa. Xante Tatsis, el muchacho pescador de Grecia, empezaba a ser aceptado por fin entre la elite inglesa. Su correo estaba lleno de contactos nuevos, invitaciones nuevas, un mundo nuevo al que entrar… y Karin recuperaría la rosa.

Debería alegrarse de cómo habían salido las cosas.

Y se alegraba.

Pero, ¿por qué, por primera vez en años, quería quedarse más tiempo en Grecia?

Estaba acariciando la estrecha cintura de ella, explorando despacio el contorno sin pensar en nada, recorriendo con los dedos la curva de las caderas. Sólo cuando ella se movió un poco, fue consciente de estar tocándola. Relajada en el sueño, nunca había estado tan hermosa, con su cuerpo reaccionando a la caricia de él, como si esperara en sueños que se reuniera con ella.

En aquel lugar encantador entre el sueño y el despertar, era fácil para Karin no pensar en el futuro sin Xante; muy fácil seguir tumbada y dejar que las manos de él rozaran su cuerpo. Había cobrado vida en los últimos días; Xante, con sus atenciones tiernas, le había enseñado lo natural y hermoso que podía ser hacer el amor. Ella sabía que acabaría pronto, sabía que aquello era para él, básicamente, una transacción de negocios, pero para ella era mucho más. Una paz desconocida inundaba su cuerpo; Xante la había puesto en contacto consigo misma de un modo que no habría podido imaginar.

Sabía que hacía bien en no hablarle de su pasado. No quería compasión en la cama, no quería compartir su dolor, y, desde luego, no quería revelar sus problemas económicos al hombre que esperaba que hiciera justamente eso.

Y no quería despedirse, pero era lo que tenía que hacer.

Él le acariciaba el estómago con delicadeza; apenas sí se notaba su contacto, pero provocaba ondas de placer en el interior de ella. El bikini estaba húmedo por su excitación, le cosquilleaban los pezones y los sentía tan tiernos que casi le dolía el roce de la tela. No quería abrir los ojos, sólo quería sentir. La otra mano de él le levantó el pelo; notó su aliento en el cuello mientras seguía tocándola. Rozó con su boca la piel tierna de su garganta y deslizó una mano en la braga del bikini para acariciar su feminidad dulce y cálida. Su boca siguió bajando, besando el escote, y ella deseaba que succionara su pecho, excepto que… Estaba llena de indecisión; se mostraba cálida y maleable en sus manos, pero en su mente calculaba frenéticamente dónde estaba la cicatriz, cuánto podía mostrar sin revelarlo todo. Ansiaba que él tomara el pezón en su boca. Xante deslizó la mano en el interior del sujetador, le acarició el pecho y bajó la boca.

Karin se dijo que era el pecho derecho y la cicatriz estaba más lejos de ése. Y cerró los ojos cuando él apartó la tela sólo lo suficiente para cumplir sus deseos. Tenía la mano preparada para detenerlo si bajaba más la blusa y su mente se concentró en el foco delicioso de la boca de él acercándose al pezón. Abrió los ojos y observó con deseo cómo lamió primero el pezón hinchado y luego sopló, cosa que repitió una y otra vez, hasta que el pezón ansiaba que lo besara... lo cual hizo. Ella observó aquellos labios hermosos succionando el pezón y jugando con él hasta que tuvo deseos de llorar en su boca y terminar en su mano. Pero la boca de él se movía de nuevo y su mano libre jugaba con el cinturón de la camisa. Karin sabía que no podía dejarle, casi podía ver la sorpresa que seguramente acabaría con aquella exploración deliciosa.

–Xante.

Lo empujó y vio que la miraba confuso.

–Karin, quiero hacer estas cosas.

–No.

Fue una sola palabra, pero muy poderosa para Xante. Ella podía decir no y no tenía que justificarlo ni explicarlo, porque aquello no era una relación donde uno daba, tomaba e intentaba explicar cosas; aquello era un negocio. Karin estaba dividida entre el deseo, la necesidad y la vergüenza, y lo besó con fiereza. Lo montó a horcajadas y él tiró de los lazos de la braga del bikini. Se hundió en él y gritó cuando él la penetró porque Xante le exigía mucho más de lo que era seguro darle. Le sujetaba las caderas, casi con rabia, mientras la penetraba, dándole lo que ella quería cuando él quería darle mucho más.

Él le clavó los dedos en las nalgas, levantó las caderas de la cama y pudo ver su pecho libre de sus confines, húmedo donde la había besado. Tiró de ella hacia abajo y volvió a tomarlo en su boca. Lo succionó con fuerza mientras la poseía y ella pudo sentir su confusión y su rabia. Karin también estaba enfadada, furiosa con un pasado que ensuciaba el presente, enfadada por todo lo que dejaría atrás al día siguiente. Podía estar enfadada y no importaba; la sensación era maravillosa. Y él podía estar también enfadado y, sin embargo, hacerle sentir segura.

Oyó los gemidos y la tensión. Los oyó acelerarse y quiso mirarlo esa última vez. Levantó la cabeza, con el pecho húmedo y frío, y miró su rostro hermoso y moreno y sus ojos furiosos. Ella también lo odiaba por hacerle sentir, por mostrarle lo bueno que podía ser. Llegó al orgasmo llorando porque era un gran alivio sentir, era un gran alivio ir a lugares peligrosos y tener a Xante a su lado, dentro de ella, verlo llegar al clímax. Vio la expresión de puro placer en su cara y lloró de alivio cuando al fin acabó todo, porque dolía darle tanto a ese hombre y era un gran alivio saber que acabaría pronto.

Después, tumbado a su lado, Xante no sabía lo que había ocurrido. Intentó discernir lo que había pasado. Porque había distintos modos de sexo, pero con Karin era diferente cada vez. Si había una línea, no sólo la habían cruzado sino que habían dado un gran salto al otro lado y ya no había vuelta atrás.

—Karin —tuvo que carraspear para llevar algo de fuerza a sus pulmones—. ¿Por qué no quieres…?

—Déjalo, Xante —ella saltó de la cama.

—Ni siquiera sabes lo que iba a decir.

—No me hace falta.

—Cuando hacemos el amor…

—Es sexo, Xante —corrigió ella—. Ése era el trato,

¿recuerdas? Sexo a cambio de la rosa, y creo que he cumplido mi parte del acuerdo.

—¡Karin! —la llamó él cuando ella se dirigió al cuarto de baño—. ¿Qué es lo que escondes?

—Eso no es asunto tuyo.

Estaba a punto de decírselo y eso le daba miedo. Necesitaba volver a Londres, volver a la realidad para poder recordarse por qué no podía confiarse a él.

—¿Y si yo quiero que sea asunto mío?

—Soy una ladrona, Xante. ¡No! —gritó ella cuando él abrió la boca para interrumpirla—. Sexo fue lo que acordamos. Mis sentimientos no están a la venta.

—Tú no eres una prostituta —él había salido de la cama y la agarró por la muñeca—. *Eso* no ha tenido nada que ver con la rosa.

Ella soltó la muñeca.

—Yo no soy una turista, chico *kamaki*; no tienes que enamorarme para conseguir lo que quieres de mí. No tienes que hacerme promesas que no tienes intención de cumplir. Teníamos un trato. Si no estás satisfecho con el servicio, podrás tener uno rápido en el avión como regalo. Pero aparte de eso, creo que hemos terminado.

Aquella forma de hablar no encajaba con ella. Pero cuando cerró de un portazo la puerta del baño, Xante se recordó que la Karin a la que amaba no existía en realidad.

Amaba.

Cuando la palabra cruzó su mente, estuvo a punto de escupir.

La mujer a la que deseaba era sólo una ilusión.

Cuando salían hacia el coche, Xante le dio una llave y la dirección de la caja de seguridad del banco.

Los dos hervían de rencor. Las vacaciones habían terminado.

–No aceptaré tu encantadora oferta –dijo él cuando la ayudaba a subir al coche–. Yo no tengo que pagar por sexo.

Aunque le doliera, aunque aquello fuera una agonía, ¿no era mejor dejarlo fuera que dejarlo entrar? Ella tomó la llave, la metió en el bolso y dejó claro que aquello había terminado.

–Acabas de hacerlo.

Él no la llamó y Karin no esperaba que lo hiciera después de su amarga despedida.

No le puso ningún mensaje al móvil ni al e-mail, y ella lo sabía porque comprobaba ambas cosas todos los días.

No le mandó flores. Aparte de una llave nueva en su llavero y una pulsera de plata que no se quitaba nunca, no había ninguna prueba de que hubiera ocurrido algo entre ellos.

Pero había cambios.

A pesar de las circunstancias de su acuerdo y de que ésa no hubiera sido su intención, Xante le había dado fuerzas. Aquel pequeño descanso de su vida, la experiencia de que la trataran bien y cuidaran de ella le había hecho darse cuenta de que lo insoportable era imposible.

Que daba igual que fueran diez meses o diez años, pues ni podía ni quería seguir viviendo así ni un momento más.

Estaba en el trabajo metiendo las últimas devoluciones en el ordenador e intentando no pensar en la cita que tenía con su abogado a la hora del almuerzo.

Su abogado.

No un viejo amigo de su padre ni un contacto que había hecho en alguna ocasión.

Un hombre al que había buscado en la guía de teléfonos y, con suerte, un paso en la dirección correcta.

–Tenemos un problema.

Karin no levantó la vista; se limitó a parpadear. La voz de Xante resultaba muy alta para la biblioteca y su olor reemplazaba el olor acre a libros. La hermosa mano que la había tocado tan íntimamente apareció a la vista. Sostenía un grueso sobre blanco.

–Nos han invitado a un baile.

Esperó a que ella leyera la invitación… una invitación real, que, por supuesto, exigía una respuesta pronta. Y ésa, por supuesto, era la única razón de que él estuviera allí.

–Nosotros no estamos juntos.

–En el periódico de ayer sí –señaló Xante.

Ella lo miró al fin. Miró sus ojos por primera vez desde que hicieran el amor; miró su rostro altivo, sexy, levemente depravado. Y hubiera querido no tener que apartar nunca la vista.

–¿Has leído lo de nuestra luna de miel en Grecia? –preguntó él.

–No –mintió Karin, volviendo la vista a la pantalla del ordenador.

–Me gustaría aceptar la invitación.

–Pues acéptala –ella se encogió de hombros y siguió mecanografiando–. Esa noche di que estoy enferma o que acabamos de romper. No es mala idea –sonrió con rigidez–. Quizá consigas comprarte un título.

–Es a ti a la que quieren –dijo él, porque era la verdad–. Es a ti a la que quiero yo –continuó, porque también era la verdad.

Durante la semana desde su regreso, no había sido capaz de pensar con claridad y había dormido solo cada noche por primera vez en dieciséis años. No comprendía lo que ocurría, sólo sabía que pasaba algo y que tenía que lidiar con ello. Observó los dedos de ella detenerse en el teclado y supo que su confesión la había sorprendido tanto como a él.

–Esa noche estoy ocupada.

–¿Y esta noche? Podríamos ir a cenar.

–No será sólo cenar.

–No te tocaré –dijo él. Dos señoras mayores miraron por encima de sus revistas y se dieron codazos mutuamente–. Sólo quiero hablar.

Ella tenía las mejillas rojas. Quería que se fuera, pero también que se quedara.

–¿Y si hay cosas de las que yo no quiero hablar?

–Pues lo dices. Hablaremos de películas y libros y de cuál es tu color favorito; empezaremos por el principio como si fuera nuestra primera cita, como si no nos hubiéramos acostado nunca.

–¡Chist! –ella sabía que los oían. La voz de él, aun en susurros, llenaba la sala silenciosa.

–Prometo no acostarme contigo –susurró Xante bastante alto, y curiosamente, aquello le arrancó una sonrisa a ella–. Prometo no besarte ni tomarte la mano. Prometo sólo una conversación aburrida y superficial.

Y resultaba tentador, porque en realidad ella quería decírselo. Y quizá, sólo quizá, se lo diría. No todo, claro, pero quizá podría verlo esa noche, después de hablar con su abogado, y contarle lo de sus cicatrices y explicarle por qué no podría nunca enseñárselas. No tendría que narrarle toda la historia porque Xante le había enseñado que podía decir no. Podía decir: «N no quiero hablar de eso todavía». Era como si le h ran entregado la llave de oro. Podía sentir nando hacia la confianza y era una sensaci como si diera un salto a lo desconocido y rezara para que él estuviera allí para pararla.

—Cenar —asintió con la cabeza con brusquedad—. Sólo cenar.

—Te recogeré a las ocho.

Y luego tuvo que seguir sentada en una sala donde todos la observaban y fingir que no pasaba nada, que el hombre que acababa de salir no se había ido llevándose su corazón en las manos. Tuvo que esperar al descanso para el café para llamar y pedir hora en la peluquería. Y cuando iba a ver al abogado, a pesar de la promesa de Xante de que no habría sexo, llegó diez minutos tarde a la cita… porque un camisón de encaje con braguitas a juego la llamó desde un escaparate. Se lo dieron envuelto en papel fino y dentro de una bolsa rosa, y ella sujetó las asas como si se tratara de una barrera de seguridad.

Por primera vez en su vida, se sentó durante una hora con *su* abogado, le habló a alguien de su pasado y empezó a planear su vida.

Y de algún modo, todo aquello fue más fácil porque sabía que esa noche vería a Xante.

Xante entró alegremente en el vestíbulo de su hotel, pero lanzó un gemido al revisar sus mensajes. La escapada a la biblioteca con el móvil apagado le había costado un montón de dinero.

Pero Karin valía hasta el último penique.

—Athena —Xante consiguió que no hubiera sorpresa en su voz al ver que su ex novia se acercaba a él—. ¿Qué te trae por Londres?

—Las tiendas —sonrió ella—. Luego me he dado cuenta de lo cerca que estaba de tu hotel y se me ha ocurrido que sería agradable que me llevaras a cenar.

–Deberías haberme llamado –señaló él–. Desgraciadamente, tengo todo el día ocupado y también planes para cenar esta noche.

–Por supuesto; sé lo ocupado que estás –la sonrisa de Athena permanecía intacta–. ¿Pero no tienes tiempo para un café? No me gustaría tener que contarles a todos a mi vuelta que no tienes tiempo para una vieja amiga…

–Por supuesto –sonrió él–. Siempre tengo tiempo para tomar café con una amiga.

Una vez en la mesa, Xante pidió y se dispuso a esperar. Estaba alerta, consciente de que Athena no «pasaba por allí» por casualidad. No obstante, interpretó su papel y la oyó hablar de tiendas, aunque, por suerte, el tema no se prolongó mucho.

–Tu madre parece muy impresionada por Karin –dijo Athena, revelando por fin el motivo de su visita.

–Karin es una mujer impresionante.

–Estoy preocupada, Xante.

–No desperdicies tu energía preocupándote por mí. Puedo cuidarme solo.

–Ya lo sé. Sé mejor que nadie que miras por tus intereses.

–También miré por los tuyos –le recordó él–. Podía haber contado a todo el mundo tus planes, haberles enseñado tus e-mails, y nadie me habría culpado por lo que hice.

–Yo no hablo de eso, Xante. Es tu madre la que me preocupa.

–También miro por mi madre.

–Pero ya le has hecho daño otras veces, y no sólo con nuestra ruptura –Athena lo miró a los ojos–. Sino con tus errores…

–¡Athena! –Xante se cansaba ya del juego–. ¿Qué has venido a decirme?

–Tu madre está ilusionada, naturalmente. Karin es la primera mujer a la que has llevado a casa. Ya está hablando de matrimonio. Sabes lo desesperada que está porque le des nietos.

–Es pronto para Karin y para mí.

Xante estaba irritado. Había sido una sorpresa que Karin le cayera tan bien a su madre y no quería desilusionarla si las cosas entre ellos no funcionaban, pero aquello no era asunto de Athena. Pensó en Karin, en la mujer que se abría paso lentamente hacia su corazón y dijo la verdad.

–Nunca me casaré ni tendré hijos sólo para hacer feliz a mi madre, pero sí, Karin es una mujer muy especial.

–¿Qué sabes de ella?

–Todo lo que necesito saber –Xante terminó el café–. Athena, creo que ya he oído suficiente; estoy ocupado.

–Muy bien –ella se levantó y lo besó en ambas mejillas antes de lanzar la bomba como despedida–. Si no te preocupan sus antecedentes criminales, entonces tienes razón; no tienen por qué preocuparme a mí. Estoy segura de que lo tienes todo controlado.

–Criminales –Xante movió la cabeza–. Oye, Athena, el otro día hubo un malentendido.

–¿El otro día? –Athena achicó los ojos–. No sé de qué hablas; es obvio que tiene la costumbre de vérselas con la policía.

–Athena, todos tenemos un pasado.

–Sí –ella se encogió de hombros–. ¿Pero agresión en estado de embriaguez? –vio que se movía un músculo en la mejilla de él y supo que desconocía aquello–. Claro que pudo ser un malentendido; se retiraron los cargos en cuanto la víctima salió del hospital. O eso, o fue una de las ventajas de tener un padre muy rico.

–¿Cómo sabes eso?

–Tengo amigos en lugares apropiados –replicó ella–. Igual que tu novia.

Xante se dijo que aquello no era verdad, pero investigó en Internet, aunque consolándose con que lo hacía para probar la inocencia de Karin. Su nombre estaba en todas partes, pero no había nada que confirmara lo que había dicho Athena. Miró imágenes y noticias, y cada vez que sus ojos frenéticos recorrían un artículo, el corazón le latía más despacio. Al fin marcó el número de Paulo, un detective privado que trabajaba para él en ocasiones.

–Investiga a Karin Wallis –le dijo.

Se sentía la mayor rata del mundo, pero deseaba fervientemente que Athena estuviera equivocada. Tenía que estarlo. Karin no era una mujer más. Era la mujer que se le había metido en su corazón y estaba constantemente en su mente. Era la mujer que quizá fuera un día madre de sus hijos.

–No consigo encontrar nada en Internet, pero me han dicho que se retiraron los cargos.

–Déjalo de mi cuenta.

No quería dejarlo de su cuenta.

No quería saber la verdad.

Dio la noche libre al chófer y condujo personalmente hasta la casa de ella, sabiendo que la vería pronto.

Cuando entró en el camino de la casa, vio que parpadeaba el móvil, avisándole de que tenía un mensaje, pero no hizo caso.

En la puerta había un contenedor grande que no parecía encajar con la mansión. Un contenedor lleno de botellas y bolsas de basura. Y se oía música en la casa. Entonces sonó su móvil.

–No encuentro gran cosa –Paulo hablaba con aire

de disculpa–. No hubo una orden oficial de silencio, más bien una especie de código de honor entre caballeros...

—Está bien, gracias.

—Hay un par de artículos. Te los enviaré ahora. Son periódicos locales.

—No te molestes.

Él quería no saber nada. Veía moverse la cortina y sabía que ella lo estaba esperando. No necesitaba saber nada más.

—Puedo decirle a Reece que escarbe más; él conoce a algunos periodistas de la zona.

—Olvídalo –dijo Xante; pero Paulo no escuchaba, porque para él, Karin Wallis era sólo un nombre.

—Está endeudada hasta las cejas. Todo se derrumbará pronto como un castillo de naipes. Está todo ahí... conducir ebria, agresión, intento de suicidio, desintoxicación; lo de costumbre.

Y si uno pedía la verdad, ¿qué derecho tenía a quejarse si no le gustaba?

Xante miró el teléfono y vio aparecer los textos: artículos dispersos, fotos, las deudas de ella, los préstamos; todo estaba allí. Había escuchado en todo momento a su corazón en lugar de a su cabeza. Una y otra vez había aceptado sus excusas. Había deseado creer en ella, pero se había llevado un chasco en todas las ocasiones.

Xante había llorado una vez, la mañana que habían encontrado el cuerpo de su padre.

Veintiún años más tarde, volvió a llorar.

Capítulo 10

ESTABA preparada y esperando, ataviada con un elegante vestido de punto gris y con el pelo suelto cayendo en forma de cascada rubia sobre los hombros. Xante esperó en el vestíbulo a que ella recogiera el abrigo e intentó devolverle la sonrisa cuando buscaba las llaves. La música a todo volumen lo ponía nervioso.

Karin también.

–Has estado siglos sentado ahí fuera.

–Tenía que hacer una llamada.

Ella frunció el ceño ante su seriedad.

–¿Estás bien?

–Estupendamente.

–Perdona el ruido –ella levantó los ojos al techo, donde la música hacía temblar las lámparas–. Pero ya no tendré que soportarlo durante más tiempo –sonrió, cerró la puerta y lo siguió al coche.

Había un resplandor en ella que Xante no había visto antes, y normalmente lo habría encontrado atractivo, pero esa noche no. Estaba harto de las muchas caras de Karin, y harto de intentar entenderla.

Esa noche conseguiría respuestas.

Ella no tardó en cambiar de humor, pues sentía que el aire sombrío de él la asfixiaba. De camino al restaurante charlaron poco y él se limitó a contestar con monosílabos a las preguntas de ella.

La lluvia caía tan deprisa que los limpiaparabrisas

no daban abasto, pero Karin pensó que estaría mejor fuera del coche que allí dentro con Xante. Observó su perfil tenso cuando aparcó y de pronto ya no quiso hacer aquello. Estaba demasiado cansada para juegos y tenía el suficiente orgullo para no soportar una cena tensa sólo para que él la abandonara al final.

Se suponía que aquello era una cita, no un juicio.

—Sabes, de pronto ya no tengo hambre.

—He reservado mesa.

A ella le costaba mucho no llorar, pero se negaba a hacerlo.

—Oye, está claro que no quieres estar aquí. ¿Y sabes qué? Yo tampoco. ¿Así que puedes hacer el favor de llevarme a casa?

—¿No quieres saber lo que me pasa?

—Tienes treinta años, Xante. No tengo por qué adivinarlo. Si te ocurre algo, asumo que eres lo bastante mayor para decírmelo.

—Toma —él sacó el móvil, buscó unos mensajes y se lo pasó.

Y mientras ella miraba su pasado, perdía lo que había empezado a creer que podía ser su futuro.

—¿Me has investigado?

—Es el único modo de saber algo de ti. Tú no eres muy habladora...

Guardó silencio; dejó de intentar justificarlo. Sabía que probablemente no podría. De camino al restaurante se había dicho una y otra vez que no debía tocar el tema, pero el comentario de ella de que pronto saldría de su casa había tensado aún más un muelle ya de por sí muy tirante.

—¿Cuándo pensabas decírmelo, Karin? ¿Cuando nos hubiéramos casado? ¿Cuando ya tuvieras lo que querías?

—Cuando confiara en ti —repuso ella. Le devolvió el teléfono y salió a la lluvia. Volvió a meter un segundo la cabeza en el coche–. Algo que ya no podrá ocurrir nunca.

Sabía que él no dejaría las cosas así y tenía razón.

La siguió hasta la casa conduciendo despacio, con la ventanilla bajada y gritándole que subiera, pero ella no lo miraba ni contestaba, porque si lo hacía, no sería una respuesta agradable. Quería escupirle, maldecirlo y darle patadas, pero en vez de eso, corrió. Subió corriendo los escalones de piedra de su casa e intentó esquivarlo cuando él salió del coche y corrió tras ella, pero Xante no la soltó.

–Sólo quiero respuestas, Karin. Sólo quiero saber lo que te ha pasado.

–¿Para ver si estoy a tu altura?

–¡Sí! –gritó Xante, porque era verdad. Porque ella era la mujer a la que quería como esposa, la mujer que, Dios mediante, podría ser la madre de sus hijos.

–Eso ya no importa –gritó ella a su vez–. Porque después de lo que has hecho, tú no estás a mi altura.

Lo odiaba y odiaba aún más su opinión de ella. Estaba cansada de mentiras y secretos, y si tanto quería él saber, se lo diría, le serviría su dolor en una bandeja y vería si disfrutaba saboreándolo.

Abrió la puerta de la casa. No lo invitó a entrar pero tampoco cerró la puerta. Si Xante necesitaba respuestas, las tendría.

Y luego podría marcharse.

Lo llevó a la biblioteca, porque era la única habitación decente que quedaba en la casa.

Empapada pero atenta, le ofreció una copa, pero Xante la rehusó.

Karin encendió fuego con calma mientras intentaba pensar lo que le iba a decir.

Cuando se lo había dicho a David, había sido un desastre.

El horror y la furia de él habían sido justo lo que menos necesitaba ella. Y las lágrimas de ella sólo habían servido para empeorarlo todo aún más, a medida que sus emociones iban inflamando las de él. Estaba decidida a no repetir aquello con Xante.

Las llamas fueron pasando de las bolas de papel de periódico a los troncos. La calefacción central había dejado de funcionar hacía tiempo; estaba empapada y tenía frío, pero sabía que tardaría mucho en calentarse. Cuando acabara aquello y él se marchara, se daría un baño caliente y se cambiaría de ropa.

Cuando él se marchara… No quería pensar en eso. Lo suyo había dejado de ser posible en cuanto él le pasó el teléfono.

Ahora sólo quería que se acabara.

—El único Wallis importante fue mi abuelo. A mis padres sólo se les daba bien estar de fiesta y mi hermano Matthew es igual. La fiesta que viste la otra noche no era una casualidad, sucede continuamente. Lo único decente en esta familia es mi hermana Emily. La rosa ayudará a pagar las últimas facturas del colegio y, con suerte, también la facultad de Medicina. Estamos en la ruina.

—Eso no te impide viajar por ahí –señaló él.

—Es mejor que traer a Emily aquí –ella se encogió de hombros como si fuera fácil–. Mejor que exponerla a lo que he tenido que vivir yo. Es todo una fachada, Xante, y yo tenía intención de mantenerla hasta que ella acabara el colegio, pero no puedo. No puedo vivir así ni un momento más. Sólo quiero una vida tranquila; es lo que siempre he querido.

Él movió la cabeza.

—No intentes decirme otra vez que eras una niña

aburrida, que te gustaba encerrarte aquí a leer y que no bebes nunca. Te detuvieron por conducir borracha.

–Me detuvieron –dijo ella con voz neutra–. Cuando recuperé el conocimiento después del accidente de tráfico, había dos agentes al lado de mi cama y me acusaron de conducir ebria y causar daños a terceros. Mi padre lo arregló para que retiraran los cargos, lo cual le ahorró la molestia de explicar la fiesta salvaje que había habido en su casa y que uno de sus mejores amigos y de los invitados de más prestigio había atacado a su hija de diecisiete años. También ocultaba el hecho de que mis padres habían estado demasiado metidos en drogas o alcohol para intervenir y les ahorraba explicar por qué no se habían enterado de nada hasta el día siguiente.

Ya estaba, ya lo había dicho; y no sentía amargura ni rabia, sólo alivio.

Él la miró con una expresión de dolor en el rostro.

–¿Te agredieron?

–Sí –ella le devolvió la mirada sin pestañear–. Obviamente, no hubo una denuncia. A mis padres les preocupaba lo que pensaría la gente. Yo estaba borracha porque me habían echado algo en el vaso. Tenía diecisiete años y, a diferencia de mis padres, yo sí obedecía las reglas y había bebido sólo zumo de naranja. Empecé a sentirme mal y recuerdo que me llevaron arriba a mi habitación. Él siempre había sido un hombre muy amable y creí que me iba a ayudar, pero luego… –Karin respiró hondo–. Te ahorraré los detalles. Pero aunque estaba borracha, intenté detenerlo. Lo golpeé en la cara con un vaso que había en la mesilla.

Él vio cómo los dedos de ella acariciaban automáticamente la cicatriz de la muñeca.

–Y me corté en el proceso. Así que, ya ves, no fue un intento de suicidio. En aquel momento, más bien pensé que estaba luchando por mi vida.

–Karin, no tienes por qué decirme nada más –él estaba horrorizado, sentía náuseas por lo que ella había sufrido y también por cómo la había tratado él. Quería que parara, quería abrazarla y decirle que lo sentía mucho. Pero Karin no quería parar.

–Estoy harta de encubrir a mi familia. Harta de estar encerrada en el armario con sus esqueletos. ¿Tú querías la verdad? Pues ahora la vas a oír. Después de lo que pasó, me metí en el coche para huir de él… de ellos… de este agujero infernal. Quería llegar al hospital a buscar ayuda, pero estrellé el coche por el camino.

Xante le tomó el brazo e intentó consolarla.

–¡No! –dijo ella con rabia.

Se soltó. Su rostro, normalmente pálido, estaba rojo de furia.

–Tú tenías que presionar. Tenías que insistir hasta que tuvieras tus respuestas. Pues bien, ya las tienes. Conduje borracha y nuestra familia está endeudada. Pero tu preciosa fuente se ha equivocado en algo. Yo no fui a desintoxicación. Fue mi madre. Se sintió tan culpable que consiguió mantenerse sobria tres meses enteros.

–Karin…

–Terrible, ¿verdad? Terrible tener que oír todo esto. Pero es peor ser la que tiene que recordarlo. Aquello me hizo mucho daño, Xante, y me costó años empezar a confiar en otra persona, años tener una relación. David era un hombre simpático, lo bastante amable para que después de un tiempo yo pudiera contarle parte de lo que había pasado. Fue lo bastante amable para ir despacio y para decir que las cicatrices de mi pecho no lo espantarían si se las enseñaba…

Un grito hervía dentro de ella y no sabía cómo pararlo. De sus labios salía mucho dolor y para Xante era muy difícil verlo porque había perdido el derecho a consolarla. Sabía que, si la tocaba, ella lo golpearía. Su castigo era sentarse a escuchar su dolor y ser incapaz de hacer nada para aliviarlo.

—Pero sí lo espantaron. Lo alejaron de mí.

—Karin, yo no lo sabía.

—Pues ahora ya lo sabes.

—Déjame ayudarte.

—¿Ayudarme? —ella soltó un aullido rabioso que fue casi una carcajada—. Yo te lo iba a contar. Estaba empezando a confiar en ti —lo apuntó con un dedo—. Tú vas por ahí como un dios griego con tu moral perfecta, pero sólo cuando a ti te conviene…

Sabía que decía tonterías, pero no le importaba. Era una buena sensación decir lo que le acudía a la mente.

—Coleccionas trofeos y los haces pasar por tuyos. Mi abuelo sangró por esa rosa. Vivía, respiraba y dormía con el rugby; renunció a todo por representar a su país. Tenía dos trabajos y aun así no faltaba ni un día a los entrenamientos. Tú… tú lo compras todo con dinero igual que me compraste a ti. ¿Y ahora de pronto no soy lo bastante buena? ¿Pues sabes qué? Yo no quiero ser tu florero rubio. No quiero que me exhibas para que me admiren otros, no quiero ser un objeto más de tu colección.

—No lo eres.

—Lo he sido.

—No —de eso sí estaba seguro—. Karin, yo he querido creer en ti en todo momento. Tú estás enfadada conmigo porque crees que no tiene que importarme tu pasado. Pero me importa… me importas tú.

Karin estaba demasiado cansada para seguir luchando; demasiado cansada incluso para la luchar.

—Márchate.

Había temido su lástima, pero Xante más bien parecía enfadado con ella.

–No te hagas la digna y me digas que te he arrancado la verdad. Tenía derecho a saberla cuando me acosté contigo.

–Para mí era más fácil que no la supieras –musitó ella.

–Para mí no –replicó él–. Tenía que haberlo sabido. ¿Qué? –preguntó cuando ella no contestó–. ¿No me está permitido que me confundan tus actos? ¿No se me permite que me importen?

–Márchate, chico *kamaki* –ella quería que se fuera. Quería estar sola, porque era mucho más fácil así–. Vuelve a tu hotel. Estoy segura de que habrá otra chica guapa que añadir a tu colección. Una que no te dé tanto trabajo.

Él se volvió para irse, pero cambió de idea.

–Para tu información, yo no era un buen chico *kamaki*. Adoraba a todas esas mujeres; con todas ellas confiaba en poder aprender a amar… –sus ojos negros encontraron los de ella–. Al fin lo conseguí.

–Márchate.

Y se alegró cuando él obedeció.

Capítulo 11

KARIN había tomado una decisión antes de la pelea con Xante.

–El abuelo quería que la casa permaneciera en la familia –dijo Matthew al día siguiente cuando ella le contó sus planes… e insistió en que se llevaran a la práctica.

–Quería muchas cosas –replicó Karin–. Esta casa se venderá, ya seamos nosotros o los bancos. No podemos permitírnosla más tiempo.

–Podemos vender otras cosas ahora –su hermano se encogió de hombros–. La biblioteca está llena de primeras ediciones. Los cuadros…

–Si vendemos la casa, podemos permitirnos conservar algunas de esas cosas. Los dos podremos volver a empezar.

–La comprarán promotores –Matthew intentó atacarla en su punto débil, porque no se daba cuenta de que ella había pasado ya la frontera del dolor–. La convertirán en un hotel y celebrarán bodas aquí. Tú misma dijiste que sería un terrible desperdicio que ocurriera eso.

–Ha habido muchos desperdicios en esta familia –insistió ella–. Vamos a terminar el trabajo.

Matthew fue el primero en dejar el barco que se hundía. Se trasladó con unos amigos para seguir con sus fiestas y dejó el trabajo duro a Karin.

Ella no esperaba otra cosa. De hecho, se alegraba

de haberse quedado sola. Limpiar la casa, tratar con agentes inmobiliarios, llamar a acreedores y explicar la situación le sirvió de catarsis. Y cada llamada y cada día que pasaba la reafirmaban en que hacía lo correcto.

Los días de excesos de los Wallis habían terminado. De hecho, habían terminado hacía tiempo; simplemente su familia se había negado a abandonar la fiesta.

Xante estaba sentado en la terraza con su madre, viendo los fuegos artificiales de Año Nuevo iluminar Mikonos a lo lejos y pensó que había hecho bien en pasar la Navidad y el Año Nuevo con su madre e intentar hacer las paces. Le habría gustado que Karin estuviera también allí; y a Despina también.

Su madre se había llevado una decepción al enterarse de su ruptura. Él le había hecho un resumen muy sucinto de lo ocurrido y Despina le había recordado que ya le había advertido de que Athena les causaría problemas. Que él siempre abordaba todos los asuntos apresuradamente, exigiendo acción y respuestas. Que siempre pensaba que lo sabía todo mejor que nadie.

Xante había dicho que sí a todo y ahora estaban sentados en silencio y él preparaba en su mente una disculpa que sabía que tenía que haber dado hacía tiempo.

—Lo siento —miró a su madre—. Siento todo lo que te hice sufrir aquellas veces.

—¿Qué veces?

—En mi época de *kamaki*.

—Oh, Xante —ella se echó a reír—. Eso fue hace años.

—Te hice avergonzarte cuando no lo necesitabas.

—Xante, eras adolescente. Eres mi hijo. Te perdonaba mientras te pegaba –rió al recordarse persiguiendo al adolescente por la casa con una zapatilla.

–Te alterabas mucho.

–Claro que sí; no quería ser abuela. ¡Cómo cambian los tiempos! Xante, entonces estaba alterada por muchas cosas. Estaba de luto.

–Todavía lo estás.

–No.

–Siempre vistes de negro.

–Entonces vestía de negro para mostrar que sufría. Ahora lo llevo para recordar. Hay una diferencia. Todas las mañanas me visto para tu padre y soy feliz. Puedes dejar de preocuparte por mí.

Xante miró los ojos negros y alegres de su madre y comprendió que Karin había estado en lo cierto. Por primera vez se dio cuenta de lo necesario que había sido ir allí, no para la paz familiar, sino para su propia paz.

–Eres tú el que está de luto –dijo ella.

–Sí –asintió él, porque no había una palabra mejor para describirlo. El dolor, los remordimientos y la culpabilidad lo invadían de nuevo, y esa vez su culpabilidad era merecida–. He intentado llamarla, le he escrito e-mails, mandado flores…

–Esto es demasiado importante para mandar sólo flores.

Xante asintió

–¿Has probado a escribirle?

–Ya te he dicho que le he enviado e-mails.

Despina movió la cabeza.

–Yo tengo todas las cartas que me envió tu padre. Vivía cuatro calles más allá, pero todos los viernes, cuando éramos novios, iba corriendo al buzón. Las cartas son diferentes –ella entró en la casa y volvió con una libreta, un sobre y sellos.

–Escribe –dijo.

Le deseó un feliz Año Nuevo, le dio un beso de buenas noches y se retiró.

Y Xante descubrió que las cartas sí eran diferentes. En los e-mails le había sido fácil decir que lo sentía, sólo tenía que pulsar la tecla de borrar cuando no le salía bien. Había sido mucho más fácil insistir y decirle que se merecían otra oportunidad. Pero mirar el papel en blanco era distinto.

Menos mal que la libreta era gruesa, porque tuvo que hacer muchos intentos.

La terraza estaba llena de bolas de papel blanco cuando Xante admitió por fin la verdad y le dijo exactamente lo que pensaba. Firmó la carta, puso la dirección en el sobre y a las tres de la mañana del día de Año Nuevo, fue a echar su carta al buzón. Se arrepintió al instante, dudando ya de todo lo que había escrito, seguro de que había estropeado las pocas probabilidades que tenía.

Si Karin había hecho una cosa correcta en su vida, era aquélla.

Emily, una chica segura de sí misma y llena de esperanza, era, a los diecisiete años, todo lo que no había sido Karin.

Su presencia en Navidad fue como una ráfaga de aire fresco.

La casa sin Matthew parecía algo vacía, pero limpia, y Emily poseía una madurez que enorgullecía a Karin y le decía que la niña a la que se había pasado la vida protegiendo había crecido, y había crecido bien.

–Pues claro que tienes que venderla.

Paseaban alrededor del lago congelado, con los árboles blancos por la helada; dos hermanas que caminaban y hablaban del futuro.

–Habrá habladurías –dijo Karin–. Cuando se entere la prensa y se sepa lo endeudados que estamos. Oye, tengo miedo de lo que pueda salir a la luz.

–¿Miedo de que descubran que no somos perfectos? –Emily sonrió, pero su rostro se puso serio de pronto–. Recuerdo lo malo que era, Karin. No todo, pero recuerdo las peleas. Y aunque no sabía exactamente lo que te había pasado, sabía que había sido algo malo.

Karin se detuvo y Emily se adelantó un par de pasos antes de darse cuenta de que su hermana no la seguía. Se volvió a abrazarla y Karin tuvo de pronto la sensación de que Emily era la mayor.

–¿Sabías eso?

–Pues claro que sí.

–Yo no quería que lo descubrieras nunca.

–Karin, cuando me fui al internado, me sentí muy aliviada. Odiaba que tú siguieras en casa. ¡Y me has cuidado tanto! Deberías quedarte tú el dinero en vez de pagar mis estudios. Sé que suspendiste los exámenes por eso. Quédate la rosa o véndela para volver a estudiar tú. Es hora de que cuides de ti misma. Yo ya soy mayor y… –sonrió–, tengo menos cicatrices –sonreía y lloraba, no sólo como una hermana sino también como una amiga–. Gracias a ti. Tú has cuidado de mí, ¿pero quién te ha cuidado a ti?

–Yo estoy bien.

–¿Y qué hay de Xante? –preguntó Emily.

–Eso no fue nada –repuso Karin, pero su rubor la traicionó.

–Karin, tú no te habrías ido a Grecia con un hombre si no hubiera sido nada.

–Lo sé –admitió Karin–. Pero al final no salió bien.

–¿Le contaste lo que había pasado?

–No. Xante se encargó de investigar mi pasado.

–Quizá pensó que era el único modo de descubrirlo –repuso Emily con gentileza–. Karin, ni siquiera me lo has contado a mí.

–Quería protegerte.

–Me parece bien. Pero por favor, no me digas que no se lo contabas a Xante Tatsis para protegerlo.

–No –repuso Karin despacio–. Me protegía a mí.

–¿De qué?

–De esto –contestó Karin, sin dar más explicaciones.

Caminó por la hierba helada hacia la casa. De aquel dolor interminable. De quererlo sólo para perderlo y de haberlo dejado entrar en su vida sabiendo que un día se marcharía. Porque quizá él hubiera acelerado las cosas, pero el final había sido siempre inevitable.

Fue un invierno frío y largo, pero como Karin era una superviviente, lo vivió reorganizando su vida de principio a fin.

Nunca se había considerado una víctima, pero tampoco quería ser una superviviente; no quería ponerse esa etiqueta. Lo único que quería era seguir adelante con la complicada y maravillosa tarea de vivir. Nunca había querido que Xante barriera sus hojas caídas, y había habido demasiadas incluso para ella. La casa había salido al mercado y la había comprado una pareja joven y encantadora con muchos hijos.

Los cambios habían seguido con el Año Nuevo.

Karin observaba los tallos de los jacintos asomar en la hierba que rodeaba el lago, las muestras de la última primavera que vería en Omberley Manor. Y aunque le había dolido firmar los papeles, no había sido tan doloroso como había anticipado. No tenía mucho tiempo para pensar. Estaba ocupada despojando la casa de su contenido y eligiendo lo que guardarían Matthew y ella y lo que venderían.

No era feliz exactamente, pero había una marcada ausencia de miedo en su vida que le sentaba bien. Hasta Matthew parecía haber cambiado y, aunque no lo veía mucho, ahora tenía un empleo e incluso le había enviado un cheque para pagar algunas facturas.

Cuando llamaron a la puerta y fue a abrir, pensó que también había algunos recuerdos buenos. Y mientras acompañaba al tasador por la casa observando los objetos, los revivió todos. Sí, había muchos recuerdos buenos. Pero también muchos malos.

Ahora ella tenía que elegir cuáles guardar.

—Los recuerdos de rugby no los vendo —dijo a Elliot, el tasador.

Había visto cómo se iluminaba el rostro de él cuando entraron en la biblioteca, donde se exhibían todas las fotos y trofeos de los días de gloria de su abuelo.

—Lástima. Hay mucho mercado para eso —él abrió mucho los ojos al ver la rosa, que estaba de nuevo en su sitio—. Una de ésas se vendió no hace mucho en una subasta. Sacó mucho dinero.

—Pues ésta no está a la venta —repuso Karin.

—Volverá pronto al mercado. Estaré atento y te diré por cuánto se vende. Es un gran momento para hacerlo; el Torneo de las Seis Naciones va muy bien. Te diré por cuánto se vende por si cambias de idea.

—No cambiaré de idea —repuso Karin, pero sentía curiosidad. Tenía que ser su rosa de la que hablaba, pues no había tantas—. ¿Cómo sabes que volverá al mercado?

—Es lo que hace siempre —Elliot sostenía un balón de cuero en la mano, encantado con la colección y dispuesto a hablar si eso implicaba quedarse un rato más—. Hay un ricachón que tiene más dinero del que sabe gastar, compra recuerdos deportivos, los exhibe una temporada y después los vende.

–Cuando se aburre de ellos.

Karin se esforzaba porque su voz no denotara amargura. Xante la había llamado muchas veces desde aquel día terrible, le había enviado flores e incluso había llamado a la puerta, pero ella había rehusado contestar. Seguía enfadada con él, pero sobre todo, le aterrorizaba pensar que pudiera ceder y volver a creer en él, como habían hecho tantas mujeres. A Xante le gustaba ganar, le gustaba la caza, la conquista. Y una vez adquirida la pieza, cuando desaparecía la emoción, seguía adelante.

El corazón de ella no podría soportar eso otra vez.

Había sido un alivio cuando al fin había aceptado la petición de ella de que la dejara en paz.

–Le gusta cambiar las piezas que exhibe. Tiene muchos huéspedes regulares y son una atracción para sus hoteles. Aunque se asegura de que sus cosas vayan a una buena causa, eso sí... –o sea que hablaban de Xante. Y ella tuvo una visión repentina de ex novias envueltas en chales y dejadas luego cuando no las quería–. Las da a obras benéficas y generalmente las subastan. Es un buen tipo.

–¿Las da a obras benéficas?

–Perdón –Elliot dejó el balón y sonrió–. Eso ha sido muy indiscreto por mi parte. Es fácil perder la cabeza rodeado por estas cosas. Es el sueño de un coleccionista.

–¿Por qué ha sido indiscreto? –ella le tendió un montón de fotos en blanco y negro para tentarlo a hablar.

–Lo hace todo de modo anónimo –Elliot estaba absorto con las fotos antiguas–. Acaba de donar una semana de entrenamiento con el equipo de rugby inglés a una escuela pública de las afueras; y eso no es una indiscreción, ha salido en la prensa. ¿Ése es Obolensky?

–Creo que sí –repuso ella, pensando en otra cosa. Todo aquello de lo que lo había acusado, lo que pensaba de él para intentar consolarse por las noches… todo era falso.

–Sí que lo es –rió Elliot–. ¿Sabías que le gustaba desayunar ostras con champán?

–No –rió también ella.

Después de eso, él se mostró cada vez más indiscreto y Karin descubrió que Xante traspasaba la mayoría de sus objetos a obras benéficas o museos.

–Hasta compra trofeos a veces cuando alguno de los grandes pasa dificultades. Le venden sus cosas, él las compra y se las guarda un tiempo hasta que ellos pueden volver a comprarlas. Totalmente anónimo, ésa es la regla.

–¿Quiénes? –preguntó ella–. ¿Quiénes son los jugadores a los que ha ayudado?

–Eso sería muy indiscreto –sonrió él. Dejó las fotos de mala gana–. Si alguna vez cambias de idea sobre la venta…

–No lo haré.

–A veces son más que dinero, ¿verdad? Si fueran míos, yo no podría separarme de ellos.

Y entonces ella hizo algo muy extraño. Tomó la foto del gran ruso Obolensky y se la dio a Elliot.

–No es para vender –dijo–. Es para ti.

Quizá lo había juzgado mal y la foto aparecería a la semana siguiente en una subasta, pero Karin creía que no sería así. En ese momento comprendió que no era todo suyo para guardarlo y en el rostro de Elliot vio el placer auténtico que procedía de dar y compartir aquellos recuerdos maravillosos con una nación que también los apreciaba mucho.

–Gracias –estaba claro que él no sabía qué decir–. No tienes ni idea de lo que esto significa…

Él tampoco tenía ni idea de lo que había hecho. Acababa de darle otra visión de Xante.

—¿Irás al partido de hoy? –preguntó Karin.

Elliot negó con la cabeza.

—No he podido encontrar entradas. Quizá vaya al estadio y dé un paseo por fuera; así sientes la fuerza de la multitud.

Karin se preguntó qué diría él si supiera que ella había rechazado una invitación a una recepción con champán antes de sentarse luego en las gradas a ver el partido.

Cuando se quedó sola, volvió al estudio y se sentó mucho tiempo entre las cosas de su abuelo pensando en él y en Xante.

Dos hombres que, a pesar de sus procedencias tan diferentes, eran intrínsecamente iguales.

Hombres orgullosos que triunfaban. Había una foto de su abuelo en la pared, con el balón apretado contra el pecho, una concentración fiera en el rostro. Su único objetivo era ganar, conquistar. ¿Sería el objetivo de Xante hacer que lo amara a toda costa?

¿Y luego qué?

Allí, en la chimenea, estaba el sobre blanco que llevaba ya semanas en el mismo lugar. No lo había abierto, pero tampoco lo había roto en mil pedazos ni lo había tirado al fuego.

Aunque había pensado en hacer las tres cosas.

Karin había borrado los mensajes del móvil sin leerlos, había ojeado los e-mails y los había enviado a la papelera de reciclaje. Y aunque las flores tendrían que haber ido a parar a la basura, habían ayudado a decorar la casa cuando la estaba enseñando para venderla.

Pero una carta tenía algo especial, diferente.

La letra picuda de él estaba en el sobre, con un sello griego, y había llegado el cuatro de enero.

Ahora estaban en marzo.

Abrió el sobre con dedos que temblaban y se preguntó qué podría decir Xante que pudiera cambiar algo.

Desdobló el papel, sus ojos se humedecieron y sonrió.

Ni disculpas ni explicaciones ni declaraciones, porque ella ya había oído todo eso antes.

Sólo una información de un hombre muy orgulloso, y Karin supo, porque empezaba a comprenderlo, lo difícil que debía haber sido escribir aquellas palabras.

Miró el reloj y respiró hondo.

Si se daba prisa, quizá pudiera llegar todavía. Y quizá, sólo quizá, hubiera una esperanza para ellos.

Capítulo 12

ESE DÍA debería estar excitado por el partido. Tenía dos entradas VIP y, para su sorpresa, lo habían invitado a visitar los vestuarios en el descanso. Sin embargo, no conseguía entusiasmarse con ello.

Ese día debería haberlo compartido con Karin.

Nunca había ido a ningún sitio sin una acompañante. Había muchas mujeres a las que podía llamar, pero no quería.

¿Por eso no se había enamorado antes? El equipo inglés charlaba en el vestíbulo y fuera de su hotel se había congregado una multitud para animarlos y desearles suerte, y para alegría de la gente, algunos jugadores estaban fuera firmando autógrafos. Era todo lo que Xante deseaba para su hotel. Londres estaba hermoso con la primavera impregnando el aire y el cielo azul y claro. Debería haber sido un día glorioso, pero no lo era.

Xante no había perdido nunca; siempre había procurado ganar.

Pero el amor elegía no jugar según sus reglas.

Y eso dolía.

El hotel quedó en silencio cuando partieron los jugadores, pero Xante sabía que era un silencio engañoso. Unos preparaban el salón de baile, los chefs cocinaban para su regreso y añadían los últimos toques al pastel de la victoria que quizá no llegara a salir de la cocina. Era correcto que fuera a verlo. Su chef era la joya de la corona del hotel y el único hombre al que Xante consentía de vez en cuando.

El pastel era esplendoroso, una copia exacta del trofeo que se llevarían los vencedores y que Jacques había conseguido recrear en caramelo hilado. La superficie era totalmente lisa, como cristal frío, y debajo iba el relleno tradicional de fresas y nata. Era quizá el pastel de fresas más elegante de la historia.

Pero había costado lo suyo. La frescura de los ingredientes implicaba que Jacques había trabajado toda la noche, y ahora añadía los últimos toques con el rostro arrugado por la concentración.

–Tienen que ganar –no levantó la vista cuando entró su jefe; de hecho, chasqueó la lengua por la intrusión. El chef era una de las pocas personas que podían maldecir a Xante impunemente–. Tanto trabajo y puede que no lo vean.

–¿Qué se siente? –preguntó Xante con curiosidad–. Cuando lo cortan.

–Como servir mis entrañas en una bandeja y luego darles un cuchillo de trinchar –bramó el chef, pero entonces sonrió–. También es una sensación buena. Recuerdo cada belleza que he creado con amor. Pero ésta es la mejor. Será la que más me duela.

¿Por qué todo lo que decía podía compararse con Karin?

¿Ahora tenía que vivir así, con el corazón roto el resto de su vida, aceptando la derrota como algo que sabía que no tenía remedio?

Pero no había dignidad en aquella derrota ni el consuelo de haber dado lo mejor de sí mismo.

Le había dado lo peor. Había puesto a un detective a investigarla y luego la había obligado a confesar. No era de extrañar que rechazara sus intentos de establecer contacto, pero habría matado por tener otra oportunidad.

—¿A qué hora te marchas? —preguntó Jacques, y Xante miró su reloj.

—Dentro de diez minutos —volvió a mirar el pastel—. Enhorabuena. Es una belleza.

—Gracias.

Cuando salió al vestíbulo, creyó que estaba alucinando, pues ella estaba allí… justo donde la había visto el primer día, sonriendo a Albert al entrar en el hotel. Lo que le llamó la atención de ella esa vez fue su aire de tranquilidad, una fuerza interior en los ojos que lo dejó sin aliento.

—¿Has venido?

—He aceptado la invitación —repuso ella con naturalidad—. Habría sido una grosería no hacerlo.

¿Era ésa la única razón?

En sus ojos no había nada que le diera una pista. Estaba ante él fría, elegante y siempre hermosa. Pero si estaba allí por ellos, si iba a poder tener otra oportunidad, Xante sabía que esa vez tenía que hacerlo bien.

Tenía que ser perfecto.

—Sólo tengo que ir a mi habitación —sonrió él—, y estaré preparado.

—De acuerdo.

Cuando volvió Xante, salieron juntos al coche y recorrieron en silencio la corta distancia hasta el estadio.

No había nadie más experto en el coqueteo que Xante, pero esa destreza lo abandonó cuando más la necesitaba. Siempre estaba seguro de sí mismo… siempre, siempre, siempre… Y de pronto volvía a ser tan torpe como un adolescente e intentaba no parecerlo. Para él, ella era como cristal, no sabía cómo debía manejarla.

Llegaron a la recepción con champán en el Orchard. Karin sorprendió a Xante aceptando una copa, pero no se sorprendió a sí misma. Después de todo, el control rígido con el que había vivido la había abandonado el día que había conocido a Xante. Era agradable ser ella misma, haberse encontrado, y la ausencia de miedo seguramente era la mejor sensación del mundo. Ahora se sentía lo bastante segura para ser ella misma y saber que no le ocurriría ningún daño.

De camino al hotel había tenido miedo de verlo y había tenido que hacer gala de todo su autocontrol para no salir corriendo hacia él en el vestíbulo. Pero ahora estaban allí, mezclándose con la multitud y lo fácil era relajarse y disfrutar. Mientras escuchaban los discursos, sorprendió a Xante mirándola.

–¿Qué?

–Pareces feliz.

–Lo soy –sonrió ella, porque finalmente lo era. Finalmente se había librado de las partes sórdidas de su pasado y conservado sólo los trozos buenos, y ahora podía recordarlos con amor–. Es agradable estar de vuelta en Twickenham. Mi abuelo me traía aquí.

Se preparaban ya para ocupar sus asientos para el partido.

–Recuerdo un día que estábamos en las gradas y un hombre lo reconoció y le dijo lo bueno que había sido. A mi abuelo le hacía feliz que la gente lo recordara, recordaran todo lo que había logrado. El rugby lo era todo para él.

–Y también su familia –musitó Xante.

Karin negó con la cabeza.

–Al final no –se encogió de hombros–. Después de la muerte de mi abuela, su familia fue la gran decepción de su vida, pero sí estaba orgulloso de mí.

Era agradable poder decirlo, contar la verdad y

aceptar el cariño que le había dado su abuelo sin el sabor amargo de los remordimientos.

Xante tragó saliva.

—He visto que has puesto tu casa a la venta.

Él tenía dinero, mucho dinero. A veces era una maldición. Sabía que podía sonar pomposo, pero fuera cual fuera el resultado de aquel día, quería hacer algo por ella.

—No tienes por qué hacerlo.

—Sí tengo —repuso ella—. Ya se ha vendido. El mes que viene firmamos la escritura y entrego las llaves. Y la verdad es que me siento aliviada. Me he pasado la vida intentando honrar la memoria de mi abuelo, intentando recuperar lo que fueron los Wallis una vez. Ahora quiero pensar en mí. Quiero vivir mi vida en mis propios términos. No voy a estar en la miseria una vez que vendamos la casa. Es hora de poner el pasado en su sitio.

Era bueno estar allí ese día. Había pasado tanto tiempo protegiendo la herencia de su abuelo que, al hacerlo, había olvidado proteger la suya, y ahora había llegado el momento de reclamar el futuro maravilloso que sabía que la esperaba.

Twickenham era el lugar que más había amado su abuelo. Ella no necesitaba ni una casa ni una rosa para conservar su recuerdo. Respiró hondo y casi pudo sentirlo de pie a su lado, viendo a su equipo salir al campo.

Las bandas de música estaban en sus puestos, las banderas desplegadas con orgullo y los equipos alineados uno al lado del otro. Inglaterra y Escocia, dos grandes naciones, se preparaban para la batalla y la atmósfera estaba cargada de electricidad.

El equipo escocés vibraba de energía, impaciente por empezar a jugar. Pero antes faltaba algo y Karin sintió una opresión en la garganta y se le erizaron los pelos de la nuca.

—Xante, tengo una confesión.

—Puedes contarme lo que quieras.

—Amo el himno escocés. Y no sólo un poco.

Observó y escuchó el ritmo lento de los tambores. El sonido de las gaitas la hizo estremecer, junto con la pasión de la multitud que lo coreaba mientras la gente levantaba los móviles y captaba aquel momento para siempre.

Los rostros duros y apasionados del equipo escocés aparecieron en las pantallas grandes, pero ella tenía los ojos nublados escuchando el himno.

La conmovía cada palabra de él.

Sentía al hombre que tenía al lado, un hombre en el que tenía miedo de confiar, pero que sabía que debía empezar a hacerlo. Tenía las mejillas mojadas por las lágrimas y la garganta oprimida cuando empezó a sonar el himno nacional inglés y la multitud aulló enfebrecida. Una voz profunda de barítono llenó el estadio y los pechos de su adorado equipo se hincharon de orgullo. Se mantenían altos y orgullosos, preparados, llenos de testosterona y cantando con una pasión compartida; era un gran día para estar en Twickenham.

Sentía a Xante a su lado.

Había nacido para eso.

Xante estaba allí sólo por la pasión del juego, pero cuando sonó el himno inglés, algo se movió en sus venas y cantó más alto que nadie.

—Hoy soy un inglés atrapado en un cuerpo griego —él le hacía sonreír, le hacía reír; la había hecho la mujer que creía que no sería nunca—. Te quiero, Karin.

Lo dijo sólo una vez, y la miró a los ojos mientras lo decía. Y luego la dejó que hiciera lo que quisiera con aquel conocimiento.

Fue un partido emocionante. Ella animó al equipo como en los viejos tiempos, atrapada en la emoción, viendo cómo lanzaban el balón, cómo lo atrapaban y lo sostenían con fiereza. Tenía la sensación de que corrían al ritmo de su corazón.

¿Y podía hacerlo ella? ¿Correr el riesgo, lanzarse sobre la línea?

Llenos de barro y agotados, seguían luchando.

Creían que el objetivo estaba a la vista independientemente de lo que dijera el marcador.

Observó al capitán poner el balón en tierra y el rugido de la multitud amainó mientras esperaban la decisión. Los escoceses gritaron sus protestas y los ingleses contuvieron el aliento esperando el dictamen del árbitro. Faltaban sólo unos minutos para la mitad del partido y aquel tanto era importante.

Importaban todos, pero aquél especialmente, porque Karin se dijo para sí que, si les concedían el intento, se lo diría a Xante.

El árbitro subió el brazo, hizo sonar el silbato y concedió el intento. La multitud rugió. La decisión había sido tomada por ella, pero Karin no podía hacerlo, no podía volverse y decírselo.

Si lo consigue, si transforma el intento en tanto, se lo diré a Xante.

Allí había más en juego de lo que sabía el capitán cuando preparaba el balón. Karin deseaba con fuerza que la patada lo enviara entre los postes, no sólo por ella, no sólo por el equipo, sino también por el hombre que daba la patada.

El hombre que se entregaba a fondo en aquella jugada.

—Lo conseguirá —Xante no tenía ni idea de lo vital que era aquella conversión. O quizá sí, porque gritaba animando al balón.

Y cuando éste dio entre los postes, la multitud aulló en respuesta a una conversión espectacular que hizo cantar a los ingleses y que logró que a Karin le cosquilleara el cuerpo hasta los dedos de los pies. Porque ahora tenía que decírselo.

—Te quiero, Xante —dijo sin adornos—. Siempre te he querido.

Él le sonrió, porque de algún modo siempre lo había sabido; lo había sabido cuando la abrazaba y hacían el amor.

—Eres de lo más inoportuna —vio que ella parpadeaba—. Me han invitado a los vestuarios para el descanso.

—¡Oh!

—Comprendes que sería una grosería…

—Por supuesto.

Porque lo comprendía. Las apariencias lo eran todo. Había que cumplir los compromisos y, sí, a veces eran una pesadez, pero de vez en cuando eran un placer. La tomó de la mano y la guió por el laberinto de corredores. Por supuesto, no dejaron entrar a Karin, por lo que ella se quedó fuera oyendo las voces y oliendo a linimento y testosterona. El corazón le latía con fuerza en el pecho y estaba atónita por lo fácil que había sido decirlo. Atónita por lo natural y lo agradable que le resultaba haberle dicho a Xante que lo quería.

Había días buenos y había días fantásticos, y allí apoyada en la pared, viendo pasar a los jugadores embarrados de vuelta al campo, no necesitaba estar enamorada para saber que aquél era uno de los mejores. Y luego se quedaron los dos solos.

—¡Increíble! —Xante salió del vestuario emocionado y Karin sonrió.

—¿Ha estado bien?

—Genial. Deberías oír hablar al entrenador. Te hace creer que puedes hacer lo que quieras.

–Y puedes –sonrió ella–. Tú lo haces –sus ojos se llenaron de lágrimas. Ahora le tocaba a ella disculparse–. Lo que dije de que comprabas amigos... sé que no es cierto. También lo sabía entonces. Te aprecian porque eres culto, divertido, bueno y simpático...

–Lo sé –sonrió él–. Pero me alegra que estés de acuerdo.

–Sé que tú has donado el trofeo de rugby.

–Puedo permitirme ser generoso. Cuando tienes tanto dinero, tienes la desventaja de que cuestiones los motivos de la gente. Pero las ventajas... –sonrió–. Hay muchas ventajas.

–Ven aquí.

Él abrió una puerta y entraron como niños que se colaran donde no debían. Karin pensó que el lugar se parecía a los vestuarios de su antiguo colegio. Pero olía a hombre y a pasión. ¿O era la presencia de Xante a su lado?

Él la sentó en el banco a su lado y la rodeó con los brazos. Ella no se sobresaltó ni se encogió, sino que se acurrucó contra él.

–Te quiero –repitió él–. Creo que te he querido desde el momento en que entraste en mi hotel. Nunca he querido cambiarte ni moldearte; sólo quiero a la mujer que eres. Creí que te había perdido. He querido llamarte todos los minutos de todos los días. Estos dos últimos meses han sido un infierno, sabiendo lo que estabas sufriendo y sin poder ayudarte.

–Tenía que pasar por ellos –sonrió ella–. Xante, tenía que arreglar esto sola.

–Aquella pelea... ¿te he dicho que lo siento? ¿Te he dicho cuánto siento lo que te pasó? No dejo de repasarla en mi mente, pero no recuerdo si te lo dije.

–Sí, me lo dijiste. Pero hiciste algo aún mejor que

eso; no me dejaste regodearme en mi autocompasión. Tú tenías razón. Me costó siglos admitirlo, pero… –cerró los ojos–. Tú tenías derecho a conocer mi pasado cuando me acosté contigo. Lo único que puedo decir en mi defensa es que sí, tal vez te utilicé. Pero… –abrió los ojos y él seguía allí–. Yo también te quería ya entonces. Tenía que quererte porque, si no, nunca habría ocurrido así.

Él sacó una cajita negra y ella sintió que su mundo se detenía. Él abrió la caja y ella vio un anillo perfecto, con rubíes pequeños que formaban una rosa.

Su anillo.

–Quizá prefieras diamantes –por una vez había vacilación en la voz de él–. Podemos cambiarlo.

–¿Llevabas esto encima todo el tiempo?

–No –él se lo puso en el dedo–. Por eso he tenido que subir a mi habitación.

–¿No era para echar a una mujer?

–No ha habido nadie desde que estuve contigo, Karin.

Ella lo creyó.

No dudó de él. Aquel hombre encantador, aquel playboy reconvertido sería suyo, a pesar de sus cicatrices y sus miedos.

Ahora le tocaba a ella decir la verdad.

–Xante, no puedo mostrarte mis cicatrices.

–No es preciso.

–Pero a veces tengo miedo.

–Cuando lo tengas, dímelo.

–No es tan fácil.

–Puede serlo.

Le daba besos suaves y tiernos que ella anhelaba. Pero un banco de madera no era demasiado cómodo, así que se incorporaron besándose todavía, y se abrazaron. Y entonces todo cambió. Era como si él apretara un interruptor al tocarla y espantara todas sus dudas y miedos.

Y el aire estaba lleno de testosterona, sí. La mano de Xante subió por su falda y apretó su cuerpo contra el de ella. Tal vez no fuera lo más romántico del mundo que tu amante griego te empujara a un cubículo, pero para Karin lo era.

–Te vas a perder el partido –musitó ella.

–Los muchachos lo entenderán.

Karin había olvidado lo hábil que era. Lo bastante hábil por los dos, al menos hasta que ella se fuera poniendo a su altura. La apoyó en la pared; ella había olvidado también lo fabuloso que era, lo fuerte que era. La alzó en vilo y ella le abrazó la cintura con las piernas. Él la besó en el cuello y la pasión acabó por espantar todas las dudas que pudieran quedarle.

Se apoyó en el hombro de él y pudo oír el rugido de la multitud fuera. Un aullido que crecía y crecía y no encajaba con la paz que sentía ella por dentro.

–Vamos –sonrió–. Acaba de pasar algo grande ahí fuera.

–Aquí dentro también –se vistieron sin asomo de vergüenza. Xante asomó la cabeza por la puerta–. Vendrán pronto a preparar la habitación…

–No es un hotel –rió ella cuando ya salían.

–Son los vestuarios del Twickenham –repuso él–. Mucho mejor que un hotel. Es territorio sagrado.

Corrieron por los túneles, subieron las escaleras hasta las gradas y se sonrieron mutuamente.

–¿No ha sido genial? –preguntó ella.

–Lo mejor –admitió Xante.

La proposición de matrimonio más perfecta que habría podido soñar. Viéndola allí, con el pelo rubio cayéndole en cascada y las mejillas sonrosadas, supo que había encontrado su destino.

–Lo mejor –afirmó.

Le tomó la mano y se mezclaron con aquella masa que cantaba apasionadamente y hacía sentir a Karin que por fin había llegado a su hogar.

Epílogo

O H, TODAVÍA tenía sus momentos.
  Sus deseos se habían cumplido, pero el amor, a pesar de la propaganda que lo rodeaba, no era una varita mágica.

El amor no hacía desaparecer todas las neurosis.

El amor no se colaba a las cuatro de la mañana para darte una palmadita en el hombro y recordarte que estabas a salvo. No, el amor te tomaba en sus brazos a las cuatro y dos minutos y esperaba pacientemente a que remitiera la pesadilla.

El amor necesitaba que ambas partes trabajaran duro para hacerlo funcionar.

Y Karin descubriría rápidamente que el amor siempre podía hacer reír.

Incluso de cosas que no sabía que tenía.

–¿Quién se queja? –Xante se sentó en la cama revuelta y parpadeó porque lo había despertado el ataque de pánico de ella–. Tengo una mujer que prefiere tener la luz encendida cuando hacemos el amor, una mujer que sabe más de rugby que yo.

–Yo me quejo –suspiró ella–. Voy a beber algo. ¿Quieres tú algo?

Xante bostezó y negó con la cabeza. Karin salió de la cama y fue a la cocina. Estaba embarazada de cinco meses. Sabían que iban a tener un chico y Karin estaba segura de que seguiría los pasos de su abuelo, porque solía despertarla a patadas.

Se frotó crema en la cicatriz, que le dolía cada vez más a medida que se estiraba el estómago. Estaba temiendo el parto. El embarazo le resultaba mucho más difícil porque las matronas y doctores tenían que ver su cuerpo, aunque su ginecólogo le había dicho que, cuando tuviera al niño, le recomendaría a un cirujano plástico, porque había mucho que se podía hacer en ese terreno. La idea de que Xante viera sus cicatrices por primera vez durante el parto la ponía enferma. Pero en vez de pensar en ello se sirvió leche, la bebió y volvió a llenar el vaso antes de servirle otro a Xante. Porque, si no lo hacía, él le pediría un trago y se la terminaría.

No tenía intención de ir al estudio, pero la puerta abierta parecía llamarla. Entró, dejó los vasos en la mesa y encendió la luz.

Era su habitación favorita de la hermosa casa que habían comprado en Twickenham. Era más grande que la casita que había elegido ella al principio y bastante más cara. Pero no era espectacular ni era una mansión y Karin sabía que nunca sería una carga.

Los tesoros de su abuelo decoraban la habitación, donde se mezclaban con recuerdos ya propios de ella. El día de su boda. La primera visita de Despina a Londres.

Ahora tenía un amigo, un viudo de la isla al que les había presentado con timidez. Un abogado que se iba convirtiendo poco a poco en un amigo respetado.

Despina iba animando el negro con colores neutros… medias crema, pintalabios beige y alguna blusa pálida de vez en cuando. El color empezaba a volver. Karin sabía ya que el arco iris siempre seguía a la lluvia, sólo había que saber buscarlo.

Sí, todos los días creaban recuerdos nuevos.

Karin Tatsis estaba descubriendo también que, si

uno se abría y lo dejaba entrar, el mundo era en realidad bastante indulgente y amable. La vida era un vasto círculo que uno podía apartar de sí e ignorar, o en el que podía entrar con cautela y dejarse arrebatar por él.

Fue a apagar la luz, pero la rosa atrajo su atención… y también la carta que había debajo.

La leía, no a menudo, pero sí a veces cuando estaba contenta y siempre cuando estaba triste, o cuando Xante estaba fuera en viaje de negocios y la casa le parecía demasiado grande para ella sola.

Y esa mañana fría y gris, la volvió a leer.

Leyó la línea que había conquistado su corazón.

La sinceridad de él resultaba tan palpable entonces como la primera vez que la había leído.

El Xante Tatsis que siempre tenía la respuesta, que siempre tenía un plan de apoyo, había sabido describir concisamente el mundo sin ella.

No sé qué hacer.
Xante.

Su nombre no iba seguido de besos ni de presunciones ni de promesas; era sólo una confesión sincera, con la que Karin podía identificarse bien.

Confiaba en él.

Siempre lo había querido, pero ahora, seis meses después de casados y embarazada de su hijo, confiaba en él de verdad.

El amor era un regalo que se otorgaba o no, pero la confianza era una recompensa y un tesoro.

La confianza… fácil para el ingenuo, pero mucho más difícil para el que tenía cicatrices.

Su niño estaba quieto; las patadas llevaban un rato disminuyendo. Karin se sostuvo el vientre y después hizo lo más valiente que había hecho en su vida. Se quitó el camisón, apagó la luz, recogió la leche y volvió al dormitorio sólo un poco asustada.

Confiaba en él y era una sensación fantástica.

Xante, inconsciente del cambio que se había producido, estaba dormido y ni siquiera se despertó cuando ella le puso su vaso en la mesilla y se metió en la cama a su lado. Siguió durmiendo suavemente, aprovechando aquellos momentos preciosos antes de que lo reclamara el día.

—¡Xante!

Ella le dio en las costillas y él murmuró una disculpa, se colocó de costado y volvió a quedarse dormido con una mano sobre el cuerpo de ella. Y la mano, como siempre hacía, avanzó hacia su lugar habitual de descanso, sobre el pecho izquierdo de ella.

Sólo que esa vez estaba desnudo.

Karin sintió que la mano de él se tensaba un segundo. Se preguntó qué iba a hacer, lo que iba a decir o, peor, si fingiría no darse cuenta o diría que no importaba.

Porque sí importaba.

Ella le tomó la mano y la guió para que palpara, y se volvió porque era más fácil que mirarlo la primera vez que le dejaba explorar.

—¿Puedo ver?

Y ella se lo permitió. Le dejó encender la luz de la mesilla y vio sus ojos llenarse de lágrimas cuando la vio… y luego la besó. Besó todo su dolor y, si el amor hubiera podido borrarla, Karin habría bajado la vista y habría visto que ya no estaba.

—Siento todo lo que te ha pasado. Lo siento mucho. Pero eso te ha hecho ser quien eres, Karin. Eso te ha hecho fuerte.

—Lo sé.

—Y eres hermosa.

–Así no.

–Sí. Tu abuelo tenía cicatrices. ¿Eso hacía que lo quisieras menos?

–No.

–Sus cicatrices contaban una historia, y ésta cuenta la tuya.

Sus dedos estaban fríos y paraban el picor ardiente de la cicatriz; y resultaba extraño pero también agradable estar tan desnuda, no sentir el picor de la tela en las cicatrices.

–¿Esto no te espantará?

–Eh, estás hablando con un chico griego –sonrió Xante. La besó en la boca–. No con un debilucho que juega a los soldaditos.

Ella rió y lloró, sorprendida al darse cuenta de que habían pasado aquella barrera, de que la montaña que había imaginado no era ni siquiera una colina; no era nada. Sólo otra parte de sí misma que Xante había aceptado hacía tiempo. Y claramente no iba a afectar a su ardor; claramente, porque algo despertaba ya contra su pierna, igual que ocurría todas las mañanas.

–¿A ti no te para nada?

–Nada –sonrió él–. Así que ya puedes irte acostumbrando.

Ella intentó un suspiro martirizado, pero sonreía demasiado para conseguirlo.

–Te quiero, Karin.

Él no jugaba ni bromeaba. La amaba... era así de sencillo y así de complicado.

El amor era una lección que ella estaría encantada de pasarse la vida aprendiendo.

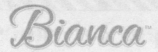

Para reconocer la paternidad del niño, antes tiene que descubrir los secretos que ella esconde

El implacable y peligroso magnate hotelero André Gauthier ha llevado a Kira hasta la paradisíaca isla caribeña que es su refugio. Su intención no sólo es hacerle el amor con una pasión despiadada… ¡también quiere vengarse! Está convencido de que Kira le ha traicionado con su peor enemigo.

¡Una sola caricia es suficiente para que Kira desee desesperadamente perderse de nuevo entre las sábanas de André! Pero antes tiene que decirle que está embarazada de él…

Pasión cruel

Janette Kenny

Acepte 2 de nuestras mejores novelas de amor GRATIS

¡Y reciba un regalo sorpresa!

Oferta especial de tiempo limitado

Rellene el cupón y envíelo a
Harlequin Reader Service®
3010 Walden Ave.
P.O. Box 1867
Buffalo, N.Y. 14240-1867

¡Si! Por favor, envíeme 2 novelas de amor de Harlequin (1 Bianca® y 1 Deseo®) gratis, más el regalo sorpresa. Luego remítanme 4 novelas nuevas todos los meses, las cuales recibiré mucho antes de que aparezcan en librerías, y factúrenme al bajo precio de $3,24 cada una, más $0,25 por envío e impuesto de ventas, si corresponde*. Este es el precio total, y es un ahorro de casi el 20% sobre el precio de portada. !Una oferta excelente! Entiendo que el hecho de aceptar estos libros y el regalo no me obliga en forma alguna a la compra de libros adicionales. Y también que puedo devolver cualquier envío y cancelar en cualquier momento. Aún si decido no comprar ningún otro libro de Harlequin, los 2 libros gratis y el regalo sorpresa son míos para siempre.

416 LBN DU7N

Nombre y apellido	(Por favor, letra de molde)	
Dirección	Apartamento No.	
Ciudad	Estado	Zona postal

Esta oferta se limita a un pedido por hogar y no está disponible para los subscriptores actuales de Deseo® y Bianca®.
*Los términos y precios quedan sujetos a cambios sin aviso previo.
Impuestos de ventas aplican en N.Y.

SPN-03   ©2003 Harlequin Enterprises Limited

Noches ardientes

BRENDA JACKSON

Ramsey tenía la norma de no mezclar
placer y trabajo, pero su cocinera del
momento era tan atractiva que empezaba a plantearse introducir un cambio en sus costumbres.

Cuando la tentación fue más fuerte
que la razón, descubrió que Chloe
Burton era tan apasionada en la cama
como buena cocinera.

Aunque su relación era cada vez más
tórrida, Ramsey se preguntaba cuáles
eran los motivos ocultos de Chloe. Al
descubrirlos, decidió olvidarla aunque fuera a base de duchas frías, pero
pronto supo que había cometido un
grave error…

Si no puedes aguantar el calor…

Era su esposa… sólo de nombre

Se había casado con ella, se había acostado con ella y Maeve le había dado un heredero… y eso era todo lo que quería. Hasta que Maeve sufre un terrible accidente en el que pierde la memoria y no recuerda ni a su marido ni a su hijo.

Tal vez la mente de Maeve no recuerde a su marido, pero su cuerpo sí lo recuerda… y cada vez que la toca, la hace temblar. ¿De verdad que aquel hombre increíblemente guapo es su marido?

Dario decide entonces seducir a su esposa para recordarle lo felices que eran juntos…

Recuerdos de un amor

Catherine Spencer